傾向と対策 分かりやすく

よりすぐりの340問

もしい1冊

日(土)に行われる第19回
ナ、340問を厳選しました。
知ってほしい基礎知識か
識まで、過去問を分析して
解答の解説も、知識の幅が
連情報を多く盛り込んで
の全問と解答も掲載して

**問**

金沢ことばで「よぼる」は(　　)という意味である。

① 徹夜する　② 招かれる
③ 呼ぶ　④ よぼよぼに年をとる

答えは本の中(最近の話題)に

1,540円(税込み)　協力/(一社)金沢経済同友会　発行/時鐘舎

社出版局　〒920-8588 金沢市南町2-1
ホームページからも購入できます　ほっこく堂　検索
お求めはお近くの書店へ。

令和5年5月5日、能登地方を震源とするマグニチュード6.5の地震が発生し、震度6強を観測。珠洲市正院町などで大きな被害が出ました。記者・カメラマンが撮影した写真、専門家による群発地震の解説を収録しています。

発行/北國新聞社　A4判64ページ　定価1,000円(税込み)

北國新聞社出版局　〒920-8588 金沢市南町2-1
ホームページからも購入できます　ほっこく堂　検索
お求めはお近くの書店へ。

表紙：《萬歳楽置物》徳田八十吉（初代）ほか
1928（昭和3）年　三の丸尚蔵館収蔵／国立工芸館で10月14日～11月26日展示

# 北國文華

## 第97号 目次

特集

# 国民文化祭 皇室の至宝を見よ

本誌編集室

国宝《動植綵絵 群鶏図》伊藤若冲 18世紀
三の丸尚蔵館収蔵／石川県立美術館で前期展示

この10月、皇室の至宝が金沢にやってくる。国民文化祭のメイン行事として開かれる「皇居三の丸尚蔵館収蔵品展」である。日本の歴史には、皇室という一本の縦軸がある。石川県立美術館と国立工芸館の2会場に並ぶ美術工芸品は、日本人が皇室に捧げてきた尊敬と、石川との深い縁の証しと言える。今号では、目に焼き付けたい収蔵品の魅力を掘り下げる。

※三の丸尚蔵館は宮内庁から独立行政法人「国立文化財機構」に運営が移管される10月1日付で皇居三の丸尚蔵館と改称されます。今号は9月1日発行のため、施設の名称は「三の丸尚蔵館」といたします。

10月1日に「皇居三の丸尚蔵館」と改称する尚蔵館の外観
=今年3月、皇居・東御苑(代表撮影)

# 皇室に寄せた美の結晶

「尚蔵館には皇室ゆかりの素晴らしい品々があります。その収蔵品を地方観光の起爆剤にしたいと考えています」

## 北國新聞インタビューで表明

2020(令和2)年暮れ、菅義偉首相(当時)は、飛田秀一北國新聞社会長のインタビューで、三の丸尚蔵館収蔵品展を金沢市の国立工芸館で開く考えを示した。発言は翌21年1月1日付の北國新聞、富山新聞で報じられ、いささか耳慣れない「尚蔵館」の名は石川、富山県内に一気に広がった。一体どういう場所なのか。あらためて振り返っておきたい。

天皇家は美術工芸品や古文書を代々、私有品として伝えてきた。「御物(ぎょぶつ)」とも呼ばれる。昭和天皇が崩御(ほうぎょ)すると、私有品だった絵画や書、工芸品などは国に寄贈され、「国民の財産」となった。

その数は約6千点に及ぶ。中世の絵巻でも屈指と評される高階隆兼(たかしなたかかね)作の「春日権現験記絵(かすがごんげんげんきえ)」、藤原定家(ていか)が書写した「更級日記(さらしな)」など圧倒的な質と量を誇っている。

これらを保存管理していく施設として1993(平成5)年に皇居

# 「国民の財産」の威容

の東御苑に整備されたのが「三の丸尚蔵館」であった。

「尚蔵」には「大切に保管すること」の意味がある。その後、他の皇族から遺贈と寄贈が相次ぎ、収蔵品は総計1万点近くに達した。館内は手狭になった。

## 10月に「皇居三の丸」に

宮内庁は2017(平成29)年、宮田亮平文化庁長官(当時)をトップに今後の尚蔵館の保存と公開のあり方を話し合う有識者懇談会を設けた。

現在地で建て替えることを決め、収蔵品の地方公開を決めた。同時に国宝、重要文化財指定を進めることになった。所管は宮内庁から独立行政法人「国立文化財機構」に移り、今年10月1日に「皇居三の丸尚蔵館」と改称する。

20年末、当時の菅首相は北國新聞によるインタビューで意義をこう述べていた。

「今まで閉ざされていたものを、まさに地方の人に見てもらいたいのです。石川での国民文化祭は、ちょうどいい機会です」

今回の収蔵品展では国宝4件を含む90点が尚蔵館から出展される。歴史に育まれた皇室コレクションがかつてない規模で「開かれる」ことになる。

北國新聞社の飛田会長(左)のインタビューを受ける菅首相(当時)
=2020年12月、首相官邸

「皇居三の丸尚蔵館収蔵品展　皇室と石川　―麗しき美の煌めき―」（北國新聞社共催）の会期は10月14日から11月26日までとなる。三の丸尚蔵館の収蔵品90点に石川県立美術館、国立工芸館などの所蔵品を含め国宝8件を含む116点が並ぶ。名品の一部を紹介する。

（前期展示は10月14日～11月5日、後期展示は11月7日～26日）

# しつこいほど 鬼才の描写力

国宝《動植綵絵 牡丹小禽図》伊藤若冲　18世紀

三の丸尚蔵館収蔵／石川県立美術館で後期展示

江戸中期の絵師、伊藤若冲（1716～1800年）の作である。巻頭に掲載した「群鶏図」とともに、京都五山の一つである臨済宗寺院・相国寺に若冲が寄進した30幅に含まれる。牡丹の花びらをしつこいほど精密に描き出している。

## 利常の遺愛品 国宝としてお国元に

国宝《万葉集 巻第二・第四残巻（金沢本万葉集）》
藤原定信 12世紀
三の丸尚蔵館収蔵／石川県立美術館で前期展示

平安時代後期、能書家として活躍した藤原定信が軽快な筆致でしたためている。加賀藩3代藩主である前田利常の遺愛品とされ、明治時代に前田家から献上された。今回の展示では、前田育徳会が所蔵する巻第三・第六残巻も公開される。今年、国宝指定を受けてから初めて「お国元」に並ぶ。

《鷺蒔絵筥》松田権六 1958（昭和33）年
三の丸尚蔵館収蔵／国立工芸館で通期展示

## 漆聖に「御注文」水辺の景色を優美に

金沢出身の文化勲章受章者、蒔絵人間国宝である「漆聖」松田権六（1896～1986年）が仮宮殿の装飾品として制作した。宮中からの「御注文」であった。鷺を中心に、水辺の景色を平文、卵殻の技を用いて優美に表現している。

# 富姫輿入れ品 54帖の名場面

《源氏物語図屏風》狩野探幽 1642(寛永19)年
三の丸尚蔵館収蔵／石川県立美術館で前期展示

江戸初期の絵師、狩野探幽(1602〜1674年)が「源氏物語」54帖の名場面を詩情豊かに描き出している。加賀藩3代藩主、前田利常の娘である富姫が、京都の桂離宮の創始者の一人八条宮智忠親王に嫁いだ際の輿入れ品である。姫は徳川将軍家の養女として嫁いだため、縁に将軍家の葵紋が施されている。

# 即位の礼祝い 明るく荘厳に

《扶桑第一峰》横山大観 1928(昭和3)年
三の丸尚蔵館収蔵／石川県立美術館で前期展示

昭和天皇の即位の礼を祝い、当時の衆議院議員一同から宮中に納められた奉祝品である。依頼を受けたのは近代の日本画に大きな足跡を残した横山大観(1868〜1958年)。富士山、朝日、松林を配置、慶事にふさわしく明るく荘厳な作品に仕上げた。朝日の輝きには金泥が用いられ、新時代への期待が込められている。

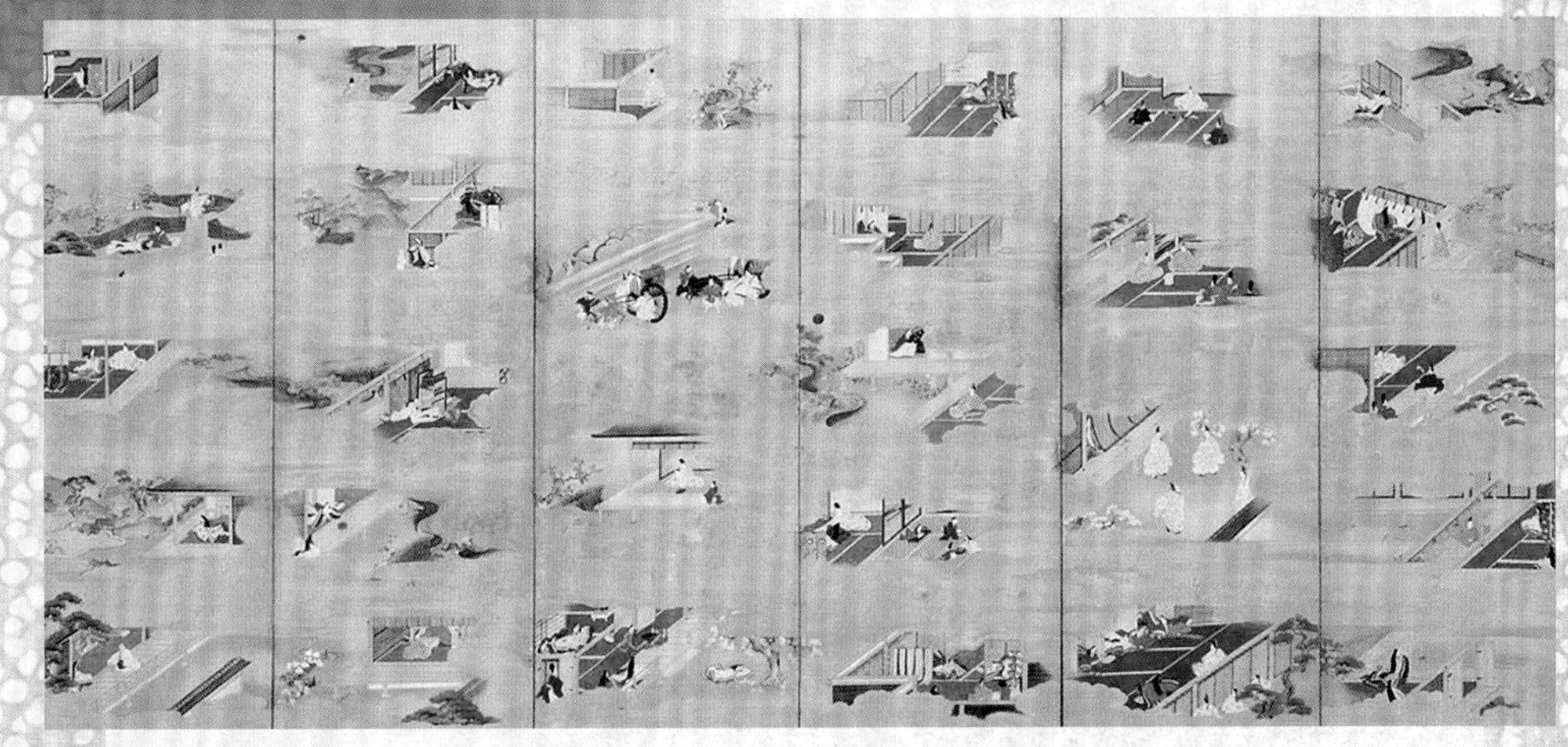

# 図案は金沢出身
# 輝きにじむ気品

《鳳凰菊文様蒔絵飾棚》島田佳矣ほか 1928(昭和3)年
三の丸尚蔵館収蔵／国立工芸館で通期展示

昭和天皇の結婚を祝い、総理大臣以下の「文武百官」が宮殿の調度品として献上した。鳳凰と菊が随所にあしらわれている。離れて眺めると、じわりと輝きがにじむ気品があふれる。図案を担当した島田佳矣は金沢出身で、東京美術学校では1期生、横山大観の同期だった。「当代美術工芸品の最高峰」を目指す心意気が宿る。

## 31年ぶりの国民文化祭

# 18のリーディング事業「文化絢爛」示す

石川県内での国民文化祭は1992（平成4）年以来、31年ぶり2度目の開催となる。10月14日から11月26日までの44日間で151の事業が繰り広げられる。

国民文化祭は地域文化の振興、新しい芸術文化の創造を目的とする。天皇皇后両陛下による「四大行幸啓」の一つと位置付けられる。

催しの目玉となるのは、「皇居三の丸尚蔵館収蔵品展 皇室と石川―麗しき美の煌めき―」を含む18の「リーディング事業」である。このうち石川県茶道協会が実施する金沢城・兼六園大茶会は従来、金沢城公園・兼六園周辺の茶室を会場としていたが、これに加えて、小松市、羽咋市にも会場を設ける。

石川県は前回の倍となる100万人の県内外からの参加を目標としている。

### 皇室の至宝を見よ

リーディング事業の一つである「金沢城・兼六園大茶会」。今回は石川県内6会場で石川県茶道協会所属の流派がもてなす＝2022年10月、兼六園時雨亭

## 国民文化祭の18リーディング事業

| 日程 | 事業（会場） |
|---|---|
| 9月30～11月26日 | チームラボ 金沢城 光の祭（金沢城公園） |
| 10月7、8日 | サケマルシェ2023（しいのき迎賓館） |
| 10月14、15日 | オープニングイベント「文化絢爛」（しいのき迎賓館など） |
| 10月14～11月26日 | 皇居三の丸尚蔵館収蔵品展 皇室と石川ー麗しき美の煌めきー（石川県立美術館、国立工芸館） |
| | 御殿の美 展（石川県立歴史博物館） |
| | いしかわ百万石の華（石川県内各地） |
| | わたしが見つけた100のアート（石川県内各地） |
| | スマホでARアート巡り（石川県内14カ所） |
| | 道の駅学生アートプロジェクト（石川県内の道の駅6カ所） |
| | プレミアムガイドツアー「アナ旅」（石川県内各地6コース） |
| 10月21、22日 | いしかわ国際交流フェスタ（金沢市役所庁舎前広場、金沢市アートホール） |
| 10月28、29日 | のと里山里海フェスタ（のと里山空港） |
| 11月3～5日 | 金沢城・兼六園大茶会2023（金沢城公園・兼六園など石川県内6会場） |
| | 音楽堂 3days（石川県立音楽堂） |
| 11月12日 | 石川ゆかりの文学朗読劇（石川県立音楽堂） |
| | ONSEN　トーク！トーク！トーク！（石川県立音楽堂） |
| 11月18、19日 | 北陸新幹線沿線「獅子舞・グルメ大集合」（こまつドーム） |
| 11月19日 | 加賀宝生能 特別公演「道成寺」（石川県立能楽堂） |

国宝《金沢本万葉集》(部分) 藤原定信 12世紀
皇居三の丸尚蔵館収蔵

国宝《動植綵絵 群鶏図》(部分) 伊藤若冲 18世紀 皇居三の丸尚蔵館収蔵

《太平楽置物》(部分) 海野勝珉 1899年 皇居三の丸尚蔵館収蔵
国立工芸館で通期展示

**The Imperial Household and Ishikawa: Brilliance of Elegant Beauty**
**Masterpieces from The Museum of the Imperial Collections, Sannomaru Shōzōkan**

**2023.10.14〈土〉Saturday –11.26〈日〉Sunday**

**Closed: November 6, 2023 Hours: 9:30–18:00** (Admission until 30 minutes before closing.)

休館日：11月6日〈月〉 開館時間：午前9時30分～午後6時（入館は閉館30分前まで）
［第1会場］石川県立美術館／絵画・彫刻・書跡・刀剣 ［第2会場］国立工芸館／工芸

主催：石川県立美術館、国立工芸館、いしかわ百万石文化祭2023実行委員会、宮内庁、文化庁、独立行政法人国立文化財機構
共催：北國新聞社 特別協力：紡ぐプロジェクト、読売新聞社、公益財団法人前田育徳会
後援：石川県教育委員会、富山県教育委員会、福井県教育委員会、金沢市教育委員会、NHK金沢放送局、MRO北陸放送、石川テレビ放送、テレビ金沢、HAB北陸朝日放送

文化庁

TSUMUGU 紡ぐプロジェクト

石川県立美術館
ISHIKAWA PREFECTURAL MUSEUM OF ART

国立工芸館
National Crafts Museum

第38回国民文化祭 第23回全国障害者芸術・文化祭
いしかわ百万石文化祭2023

As part of Ishikawa Hyakumangoku Cultural Festival 2023
(The 38th National Cultural Festival,
The 23rd National Arts and Culture Festival
for Persons with Disabilities)

なぜ城郭御殿は創られ、絢爛を極めたのか？

石川県立歴史博物館
令和5年度 秋季特別展

# 御殿の美

Magnificent Palaces within Castle Walls

2023 10/14(土) ▶ 11/26(日)

11月6日(月)は展示替により休館

前期 10月14日(土) ▶11月 5日(日)
後期 11月 7日(火) ▶11月26日(日)

開館時間／9:00～17:00
※10月14日(土)のみ11:00開館
展示室への入室は16：30まで

| 観覧料／ | | |
|---|---|---|
| | 一　般 | 1,300(1,000)円 |
| | 大学生・専門学校生 | 1,000(800)円 |
| | 高校生以下 | 無　料 |

※(　)は20名以上の団体料金／65歳以上の方は団体料金

主　催／石川県立歴史博物館・いしかわ百万石文化祭2023実行委員会
企画協力／石川県金沢城二の丸御殿復元整備推進室・石川県金沢城調査研究所
特別協力／北國新聞社

文化庁

左／【重要文化財】二条城二の丸御殿 遠侍二の間障壁画 竹林群虎図(部分) 狩野甚之丞筆 寛永3年(1626) 京都市(元離宮二条城事務所)蔵
右／【長浜市指定文化財】松虎図(宮川祭颯々館楽屋襖)(部分) 岸駒筆 享和4年(1804) 長浜市宮司東町自治会蔵

いしかわ赤レンガミュージアム
石川県立歴史博物館
ISHIKAWA PREFECTURAL MUSEUM OF HISTORY

令和5年度 文化庁 文化観光拠点施設を中核とした地域における文化観光推進事業

15th ANNIVERSARY!

9.16 SAT
17 SUN
18 MON

9.15 FRI 前夜祭レセプションライブ

金沢JAZZ STREET
公式ホームページ

特別協賛

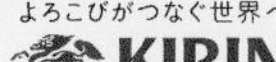

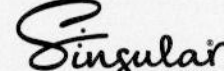


主催：金沢JAZZ STREET実行委員会
共催：金沢市 / 金沢市教育委員会 / （一財）石川県芸術文化協会 / （一財）北國芸術振興財団 / 北國新聞社
後援：MRO北陸放送 / テレビ金沢 / 金沢ケーブル / エフエム石川 / ラジオかなざわ / ラジオこまつ / ラジオななお
特別協力：NPO法人金沢JAZZ連盟 / 株式会社山野楽器

お問い合わせ
金沢JAZZ STREET実行委員会 運営事務局
〒921-8065 石川県金沢市上荒屋1丁目242-1（平日10:00-17:00）
TEL 076-225-6140/FAX 076-225-6141 info@kanazawa-jazzstreet.jp

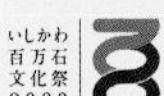

令和5年度 文化庁
文化芸術創造拠点
形成事業

第38回国民文化祭　第23回全国障害者芸術・文化祭

いしかわ百万石文化祭2023 七尾市地域文化発信事業

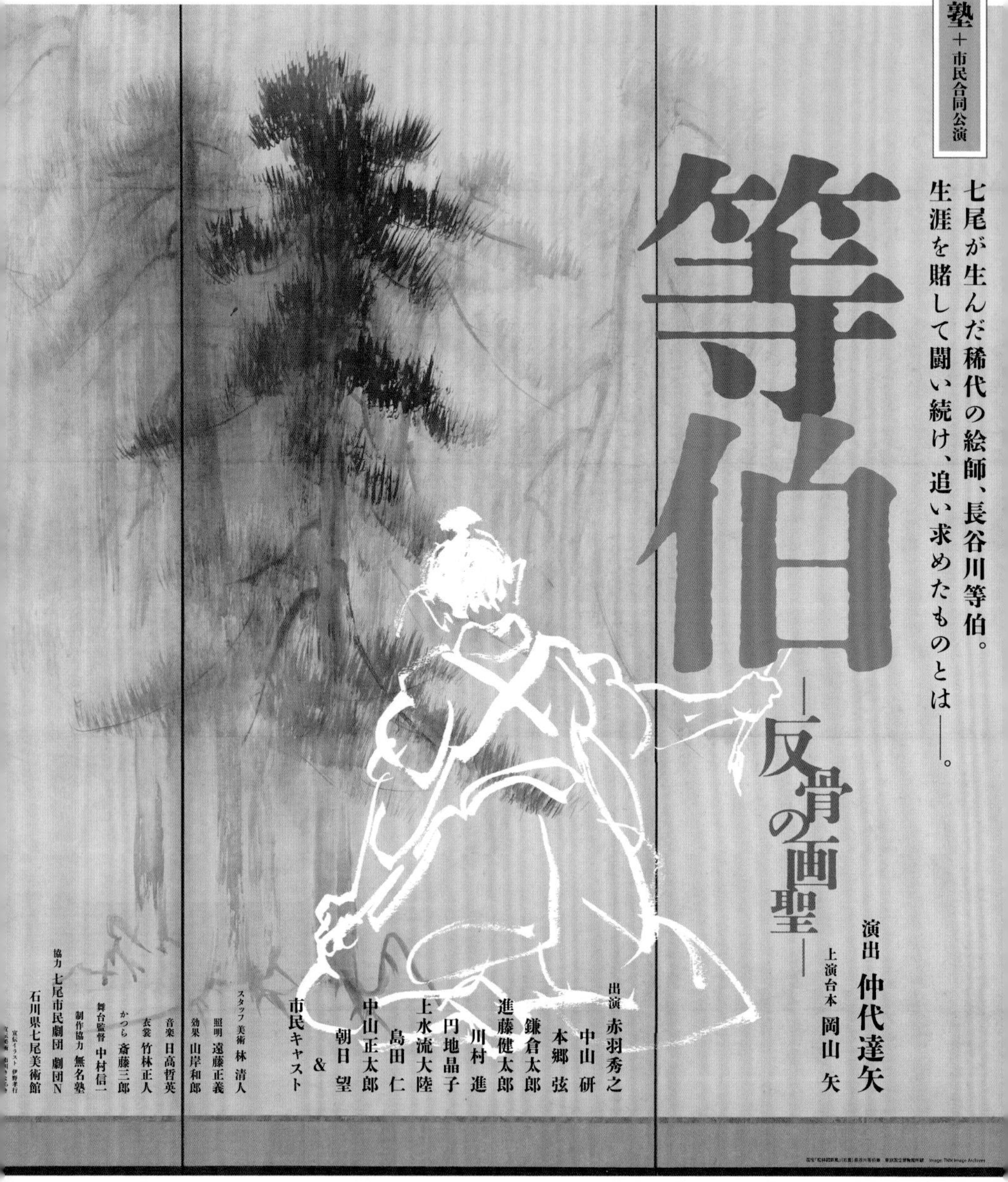


# 2023年 10月20日[金]～11月5日[日] 能登演劇堂

■ 料金(全席指定・税込)　国民文化祭による特別料金

一般 5,000円・高校生以下 3,000円・障がい者 3,000円

※当日500円増

※開場は開演の１時間前となります。 ■未就学児入場不可 ■車いすでご観劇の方は能登演劇堂までお問合せください。■感染症対策にご協力ください。

■ プレイガイド

チケットぴあ https://w.pia.jp/t/tohaku/ (Pコード:517-412)

ローソンチケットhttps://l-tike.com/tohaku/ (Lコード:53893)

イープラス https://eplus.jp/tohaku2023/

能登演劇堂にて予約受付中！

■ 主催：文化庁　厚生労働省　石川県　石川県教育委員会　七尾市　七尾市教育委員会　いしかわ百万石文化祭2023実行委員会　いしかわ百万石文化祭2023七尾市実行委員会　公益財団法人演劇のまち振興事業団　後援：北國新聞社

特集　皇室の至宝を見よ

# 「歴史の宝物庫」に物語あり

本誌編集室

皇居にある三の丸尚蔵館の収蔵品からは、歴史上の人物の息遣いや作り手の心意気が伝わってくる。古代から現代まで地層のように積み重ねてきたコレクションは「歴史の宝物庫」と言えるかもしれない。北陸とゆかりの深い収蔵品も多い。出品予定の至宝から、巻頭で紹介しきれなかった物語を掘り下げたい。

《鶏置物（とりおきもの）》
由木尾雪雄（金沢出身の蒔絵師）　1892（明治25）年
三の丸尚蔵館収蔵／国立工芸館で通期展示

# 九谷五彩に名工の意地

## 「萬歳楽置物」

徳田八十吉（初代）ほか

今号の「北國文華」の表紙は、「萬歳楽置物」である。古九谷の色彩美の復興に心血を注いだ名工、初代徳田八十吉（1873～1956年）が上絵付けを施した。

1928（昭和3）年、昭和天皇の即位の礼を祝い、小松町（現在の小松市）が献上した人形である。図案は金沢の日本画家である玉井敬泉（1889～1960年）が手掛けた。

萬歳楽とは、中国由来の雅楽である。緩やかで柔らかい調べで、その名の通りめでたい曲である。作らせたのは前漢の武帝、隋の煬帝、あるいは則天武后とも言われる由緒がある。

《萬歳楽置物》

徳田八十吉（初代）ほか　1928（昭和3）年
三の丸尚蔵館収蔵／国立工芸館で通期展示

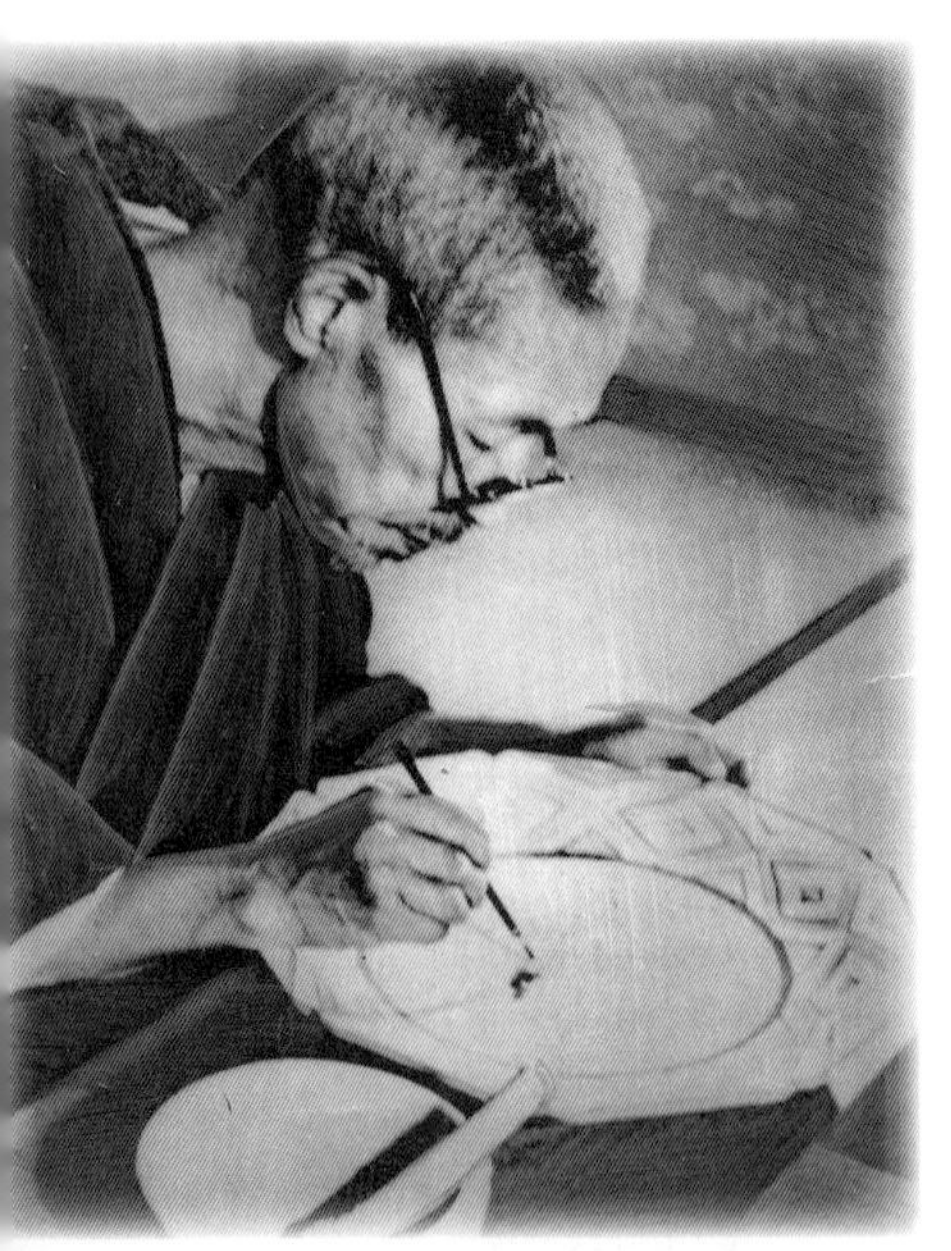

絵付けする初代徳田八十吉

宮中で披露されるが、その装束は細かい部分まで観察が行き届いている。表情の目元は涼やかで、気品がある。「一体、どこで舞楽の衣装を見る機会があったのか、不思議でなりません」（国立工芸館の北村仁美主任研究員）という。

名工の意地と言うべきか。九谷五彩をすべて使っている。頭のかぶり物は緑、顎下の結び目には紫、衣は赤、袴には青、「糸鞋」という履物には黄を配した。実際の装束の履物は白なのだが、あえて「黄」にするあたりに、五彩をそろえたいという初代の信念が見える。大勢の弟子を育て、亡くなるまで九谷の裾野を広げた。

## 陛下の訪欧に「同行」

「萬歳楽置物」は2005（平成17）年に天皇皇后両陛下（現在の上皇上皇后両陛下）の訪欧に「同行」している。答礼レセプションの席上、日本文化をノルウェーの人々に紹介するため、三の丸尚蔵館が所蔵する九谷焼から唯一選ばれた。文化交流の外交官役としての実績も担っているのだ。

献上から95年の月日を経て、石川へ初の里帰りを果たす。ひ孫に当たる小松市の陶芸家、四代徳田八十吉さんは「今年は初代の生誕150年で光栄。きっと墓の下で喜んでいると思う。大勢の方に見ていただきたい」と話した。

初代徳田八十吉氏の「萬歳楽置物」

両陛下と訪欧

天皇、皇后両陛下がノルウェーを訪問されるのに合わせ、十一日に首都オスロで両陛下が主催される答礼レセプションで、陶芸家の初代徳田八十吉氏が制作した九谷焼「萬歳楽置物」が披露されることが決まった。作品は一九二八（昭和三）年の昭和天皇ご即位を記念する奉祝品。宮内庁は、日本の美の特質がよく示されている美術品として、九谷焼では唯一、徳田氏の作品を選んだ。

萬歳楽置物は、古九谷再興に生涯精力を注いだ初代八十吉氏が制作し、旧能美郡小松町（現小松市）が献上した。昭和天皇の御物として保管され、皇居・東御苑に美術品を保存する「三の丸尚蔵館」が完成した九三（平成五）年以降は同館で管理されてきた。

高さ約二十七㌢の小品に、九谷色絵の精緻な技法が駆使され、雅楽の舞の一つである萬歳楽を舞う演者の優美な姿が表現されている。

答礼レセプションで国内の美術品が紹介されるのは、九八年に天皇、皇后両陛下が英国を訪問されて以来七年ぶりになる。ノルウェーでは萬歳楽置物のほか、江戸期の絵巻や源氏物語の画帖など七品目が展覧される。

ノルウェーでの披露後、萬歳楽置物は三の丸尚蔵館で開催されている展覧会「雅楽－伝統とその意匠美」の後期（六月十八－七月十日）で公開される。

初代が祖父に当たる彩釉磁器人間国宝の三代徳田八十吉氏によると、萬歳楽置物は初代が五十代半ばに精魂を込めた最高傑作の一つ。三代八十吉氏は「祖父とは三歳のころから一緒に暮らし、何度も奉祝品への思い入れを聞かされていた。大変名誉なことでありがたい」と話している。

昭和天皇即位を祝う初代徳田八十吉氏作「萬歳楽置物」。写真は奉祝品の控えとして制作された

ノルウェーで披露

11日、答礼レセプション

初代徳田八十吉氏（一八七三－一九五六年） 小松市生まれ。染色を生業とする家に育ち、当初は日本画を志す。松雲堂松本佐平のもとで九谷絵付けを学び、生涯をかけて古九谷などの色釉を研究し、深厚釉を開発した。一九五三（昭和二十八）年に上絵付（九谷）で国の無形文化財に指定された。

「萬歳楽置物」が天皇皇后両陛下（現在の上皇上皇后両陛下）の訪欧に「同行」することを報じた2005年5月5日付北國新聞

# 蓋に宿る「用の美」の哲学

## 「鷺蒔絵筥」

松田権六

「仮宮殿の装飾品を作ってほしい」。金沢生まれの漆聖、松田権六（1896〜1986年）が宮中からの御注文を受けて「鷺蒔絵筥」を仕上げたのは1958（昭和33）年のことだった。

《鷺蒔絵筥》
松田権六　1958（昭和33）年
三の丸尚蔵館収蔵／国立工芸館で通期展示

水辺を飛び立とうとしているのか、鷺一羽が漆黒の空間に舞う。白い羽は卵殻で精緻に仕上げ、尾羽は卵殻を腐食させることでおぼろにしてスピード感を演出しているようにも見える。くちばしと脚は平文の技で仕上げた。気力のみなぎりを感じさせる作品である。

注目したいのは、筥の形である。少し外側に向けて反っている。ここに手を掛ければ、蓋はスウッと持ち上がる。筆箱でも菓子箱でも工具箱でも、蓋がぴったりとくっついていると開かなくなるが、それでは道具として合格とは言えない、という権

晩年の松田権六

六の思想が見え隠れする。

この年、権六が率いる日本工芸会の作家陣が、日展の工芸部門から離脱した。戦後の工芸界の二大潮流が固まったとも言える。権六が掲げた「用の美」の哲学が、宮中に納める蓋にも宿っているのだ。奈良、平安時代の漆工品に対する研究を生かし、蓋の縁は一段低くなっている。

## 木地を一括注文？

筥の高さは11センチ、幅25・3センチ、奥行き14・5センチである。

金沢市の国立工芸館は3年後の1961年に権六が仕上げた「蒔絵鷺文飾箱」を所蔵するが、「鷺蒔絵筥」とほぼ同じ大きさである。箱になる木地を一括注文した可能性があるそうだ。

漆聖がさらに「用の美」を突き詰めていく原型となったのか。宮中からの「御注文」はそれだけ重い。側面には水辺の景色が広がっているという。

# 古典を引き継ぐパスの連鎖

## 国宝「金沢本万葉集」 藤原定信

目にした風景を愛で、季節の巡りに驚き、わが身の貧しさを嘆き、愛する人との別れに涙する。奈良時代の8世紀に成立したとされる「万葉集」は現存する日本最古の和歌集である。天皇から庶民まで有名無名の人々が詠んだ詩歌を盛り込んでおり、世界でも類いまれな文学作品として知られる。

1千年を超える古典はどのように現代に伝わっているのか。今年、国宝に指定されたばかりの「金沢本万葉集」は中世、近世、近代というパスの連鎖を教えてくれる。

三の丸尚蔵館が所蔵する「金沢本万葉集」は平

国宝《万葉集 巻第二・第四残巻（金沢本万葉集）》

藤原定信（さだのぶ） 12世紀
三の丸尚蔵館収蔵／石川県立美術館で前期展示

安時代後期、能書家として活躍した藤原定信（さだのぶ）が軽快な筆致でしたためた。展示されるのは飛鳥時代の鏡王女（かがみのおおきみ）が詠んだ「秋山の木の下隠れ行く水のわれこそ増さめ思ふよりは」（秋山の木の葉隠れに流れる水のように、姿は見せなくても、私はお慕い申し上げることでしょう）という恋の歌である。

## 明治天皇に献上

加賀藩3代藩主である前田利常（としつね）の遺愛品であることにちなみ、「金沢本」と呼ばれる。古典を愛する精神は、書物の収集に励んだ孫の5代藩主綱紀（つなのり）に受け継がれた。

「金沢本万葉集」は1910（明治43）年、明治天皇が東京・本郷の前田邸に行幸した折、16代当主の前田利為（としなり）から天皇に献上された。「金沢本」のうち巻第二と第四である。

今回の展示では、前田育徳会が所蔵する巻第三・第六残巻（1955年国宝指定）も公開される。今年、国宝指定を受けてか

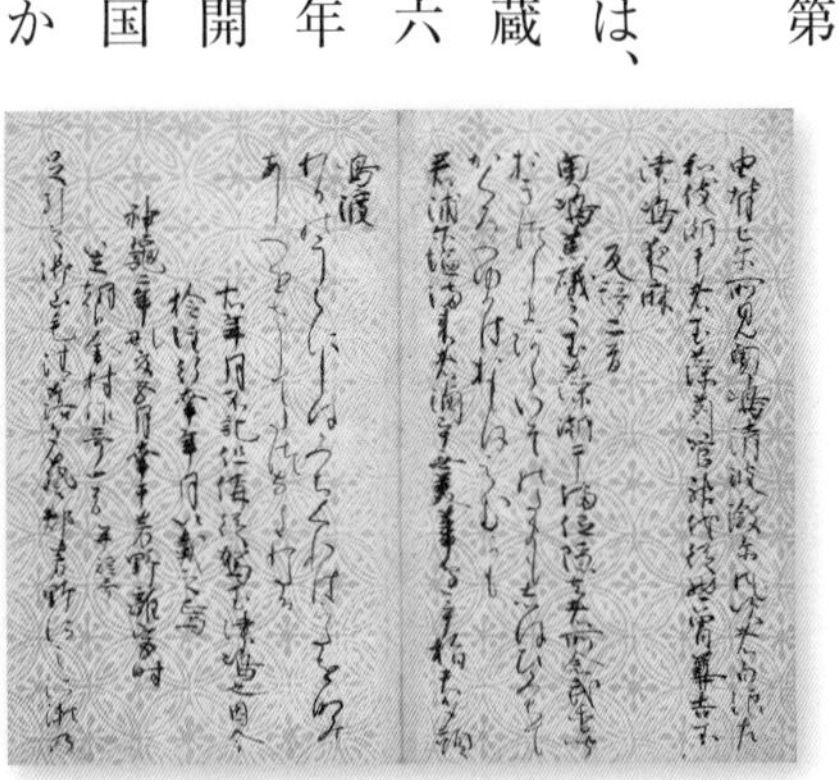

国宝《万葉集 巻第三・第六残巻（金沢本万葉集）》

藤原定信 12世紀 前田育徳会所蔵／石川県立美術館で前期展示

ら初めて「お国元」に並ぶ。藤原定信、前田利常、明治天皇。古代に編まれた和歌集を引き継いできた人々の連なりを示してくれる一級史料である。

# 海越え1千年耐久 書聖の筆伝える

## 国宝「喪乱帖」

王羲之

中国・東晋の時代の書家、王羲之（303〜361年）の筆致を現在に伝える書である。「金沢本万葉集」とともに今年、国宝に指定されたばかりである。

「喪乱帖」の名は、冒頭の行にある「羲之頓首喪乱之極」にちなむ。北方民族の侵攻によって先祖代々の墓が破壊された悲しみを行書と草書で力強く記している。

書聖とされる王羲之の真筆はすでに失われた。「喪乱帖」は7〜8世紀、唐の時代に原本（原跡）の上に紙を重ねて輪郭を精巧に模写（搨摸）していることがはっきりしている。王羲之がどんな書風だったのかをうかがわせる貴重な手がかりなのだ。

唐から奈良時代の日本にもたらされたのは大仏開眼で知られる聖武天皇の時代だった。奈良の正倉院に納

国宝《喪乱帖》

［原跡］王羲之（おうぎし）［搨摸（とうも）］7〜8世紀［原跡］4世紀
三の丸尚蔵館収蔵／石川県立美術館で後期展示

められたとされる。その後、江戸時代に京都の天台宗妙法院に伝来、1880（明治13）年に皇室に献上された。

今回の展示では、前田育徳会が所蔵する国宝「孔侍中帖」も公開される。同じく王羲之の筆を原本として、唐代に模写された。

書聖の筆を伝える紙はいずれも唐代のもの。海を越え、1千年以上の風雪をくぐり抜けた。抜群の耐久性を示している。

国宝《孔侍中帖》

[原跡]王羲之　[搨摸]7〜8世紀[原跡]4世紀
前田育徳会所蔵／石川県立美術館で後期展示

## 古刹を支えた若冲の力作

### 国宝「動植綵絵」

伊藤若冲

21世紀に入ってから、海外を含めて人気を集めているのが、江戸中期の画家、伊藤若冲（1716〜1800年）である。大胆な構図、華やかな色彩美。今回の展示では傑作と名高い「動植綵絵」が登場する。

いずれも臨済宗相国寺が伝えてきた。この寺に若冲は生前、墓を立てた。大典顕常という僧侶が、若冲の理解者だったという。「動植綵絵」は、若冲が描いた「釈迦三尊像」を取り巻くように配置されていた。

相国寺は室町幕府3代将軍の足利義満が創建し「京都五山」で2番目に高い格式を持つ古刹だが、

国宝《動植綵絵 群鶏図》

伊藤若冲（じゃくちゅう） 18世紀
三の丸尚蔵館収蔵
石川県立美術館で前期展示

国宝《動植綵絵 牡丹小禽図》

伊藤若冲 18世紀
三の丸尚蔵館収蔵
石川県立美術館で後期展示

明治維新後に起きた仏教排斥運動（廃仏毀釈）で打撃を受けた。

当時の住職、独園承珠は仏教界に呼びかけて、廃仏毀釈に激しく抵抗するとともに、寺の財政の再建に取り組んだ。若冲の「動植綵絵」は１８８９（明治22）年に皇室に献上されている。皇室から相国寺には御下賜金があり、この結果、寺域を守ることができたという。若冲の代表作は古刹を支えたと言える。

皇室に献上された「動植綵絵」は全30点に及ぶ。石川県立美術館の前多武志学芸第一課長は「空間を意識する花鳥画とは一線を画して、鶏や花が画面を埋め尽くしている。彩色の妙もあって構図に破綻がない」と評した。

「群鶏図」は種類の異なる13

羽の鶏が草むらの上に群れている様子を生き生きと描いている。絹の上に描かれているが、所々に絹の裏側からも色を塗る「裏彩色」が施されていて、画面に深い奥行きを与えている。「牡丹小禽図」は花びらの形状をどこまでも細かく描き出している。シロズキンヒヨドリのような小鳥のさえずりが聞こえてきそうだ。鬼才の絵筆の冴えを示す名作である。

## 殖産興業の時代、精緻な金工

### 「唐花唐草文象嵌花盛器」

### 金沢銅器会社

三の丸尚蔵館には明治維新後、金沢で殖産興業の担い手となるべく1877（明治10）年に設立された「金沢銅器会社」の製品も伝わっている。「唐花唐草文象嵌花盛器」である。国内外の博覧会で示された精緻な技を示している。

全部で6点揃いのセットで、1891（明治24）年から3回に分けて皇室に納入されている。今回の展示を通じて、皇室と石川のつながりを示す新たな知見が得られるかもしれない。

《唐花唐草文象嵌花盛器》
金沢銅器会社　1891（明治24）年
三の丸尚蔵館収蔵／石川県立美術館で通期展示

特集　皇室の至宝を見よ

インタビュー

# 皇室との距離がぐっと縮まる

# 過去を再発見するきっかけに

元文化庁長官・石川県立美術館長　青柳　正規

**10月14日に開幕する「皇居三の丸尚蔵館収蔵品展」の意義とは何か。元文化庁長官の青柳正規（あおやぎまさのり）・石川県立美術館長は「過去を再発見するきっかけになる」と強調する。展覧会への期待を聞いた。**

**（聞き手は宮下岳丈編集長）**

――三の丸尚蔵館の収蔵品は昭和天皇に伝わり、平成以降に皇族の収蔵品を加えて1万点近くあります。そのうち約110点が展示されます。石川県内でこれだけまとまって公開されるのは初めてです。

終戦後、天皇陛下が石川県も含め全国各地を巡幸されて以来、皇室と国民の距離が非常に近くな

ったと思います。ただ、皇室が所有するいろんな「お宝」はその後も地方を回ることはありませんでした。

## 2回目の契機

このたび、三の丸尚蔵館の新館建設に加え、運営が独立行政法人国立文化財機構に移管される「令和の衣替え」が行われました。国立文化財機構、文化庁、宮内庁の三者が協力して運営することとなり、展示スペースが拡大して公開点数がかなり増え、地方で展覧会も開かれるようになり、われわれ国民にとって皇室の宝物がかなり身近な存在になったと言えるでしょう。

つまり戦後から考えると、皇室との距離がぐっと縮まる2回目の契機であることを、今回の石川県における収蔵品展が象徴していると思うのです。これまでも正倉院の御物は定期的に公開されてきましたが、三の丸尚蔵館の場合は人手が足りず、大々的に公開できませんでした。

それが、菅義偉前首相が官房長官時代に国立文化財機構、文化庁、宮内庁の三者での運営体制を提案され、予算が増え、学芸員増員といった人的な手当ても行われるようになって公開できるようになりました。その一環として今回の展覧会が企画され、恩恵を石川県が受けられることになったのです。

——4世紀中国の書家、王羲之の書があり、伊藤若冲の「動植綵絵」があり、近代以降では金沢出身の漆聖、松田権六氏の「鷺蒔絵筥」や小松の初代徳田八十吉氏の「萬歳楽置物」など、多彩な品々がやって来ます。

三の丸尚蔵館の収蔵品展は令和3（2021）年から各地で開かれていますが、今回、石川県に持って来ていただくのは数も圧倒的に多いですし、

**青柳正規**（あおやぎ・まさのり）

1944（昭和19）年中国・大連生まれ、67年東大文学部美術史学科卒。東大教授、副学長を経て2005年国立西洋美術館長。イタリア各地で発掘調査を企画、実施、古代ローマ時代の建築や美術、文化を総合的に研究し07年に日本学士院会員。13〜16年に文化庁長官。21年に文化功労者。20年9月から石川県立美術館長。多摩美大理事長、奈良県立橿原考古学研究所長も務める。

内容がとても充実しています。皇室のものですから今までは「国宝」という言葉は使われてこなかったのですが、実際に国宝となった4件以外にも「国宝級」のものがたくさん含まれています。「動植綵絵」なんて、とんでもなくいいもので、石川県に来るのが信じられないほどうれしい。今回展示される「金沢本万葉集」をはじめ、前田育徳会のコレクションが象徴するように、この地が加賀藩前田家以来、美術文化を大切にしてきた歴史に加え、県立美術館の所蔵品があり、さらには国立工芸館が移転して素晴らしい工芸品が集まるようになり、美術に対する受け手側、たしなむ側の層の厚さがある。これに対応させなければならないという決意で、三の丸尚蔵館は素晴らしい数と質の展覧会を企画してくださったと思います。

## 「グランドツアー」で人の流れ

海外では18世紀後半からロイヤルコレクションを徐々に公開するようになりました。例えばルーブル美術館は230年前、フランス革命を機に開館しましたし、ローマなどではルネサンス期の貴族のコレクションが公開されています。特に北イタリアの領主たちのコレクションは非常に豪華で充実していて、当時の世界を牽引した美術や文化の盛り上がりがしっかりと反映されています。

18世紀頃には、英国の貴族の子弟たちがグレートブリテン島からフランスを通り、アルプスを越え、イタリアに入ってこれらのコレクションを見て歩く「グランドツアー」が盛んで、当時の運搬技術では展覧会のために作品を国外に運べないので、英国から旅行をしながら見て歩いたわけです。これによって人の流れが生まれました。

そして、第2次世界大戦以降は国境を越えて展覧会が開かれるようになり、そのおかげで我々も日本にいながら、ルーブルやメトロポリタンやバチカンのコレクションを見られるようになったのです。

――コレクションが人を動かし、人の流れを生んだのですね。

今回の展覧会も、これまであまり動くことがなく、身近に見られなかった三の丸尚蔵館が金沢に来てくださって、日本のアートシーンの中の大きな塊が一つ動いて、アートシーン全体がより拡大して奥行きが増した、というありがたさがあります。そんな好機を見逃すわけにはいかないですよ。三の丸尚蔵館の所蔵品には歴史を物語るものがいくつもあります。

作品の背景も併せて見ると、この展覧会がいかに面白く、いかに重要なのかがお分かりいただけると思います。また新しい三の丸尚蔵館が出発する前段階として、宮内庁が宝物を非常に大切にし、ふさわしい保存の方策を手厚く講じ、目録作りなどやるべき仕事をしてくださっていたので、運営移管が実にスムーズだった。そういった積み重ねがあったので、公開にも十分耐えうるだけの整理

整頓がなされていて、これだけ早期に展覧会が開催できたのでしょうね。

――公開できるのは、お宝を磨いてこられた方がいたからこそということでしょうか。

「金沢本万葉集」にしても、三の丸尚蔵館が価値をよくご存じだった。自分のコレクションだけでなく、関連した比較対象についても位置付けを誤ることなく押さえられていたので、大切なものなのに貸していただけた。コレクションの全体像を把握してくださっていたので、我々は前例のない国立工芸館との共同開催をお願いしても、趣旨を十分に理解し、むしろ積極的に承認してくださって、作品選定にご協力いただいたのです。

――国立工芸館との共同開催となります。館長は2020年10月の北國新聞政経懇話会で「金沢には新しいことをして、古いものを融合させる気風がある」と述べています。

日本中で地域おこしのために文化が必要だ、歴史が必要だと言われ、日本遺産などさまざまな取り組みが行われるようになっていますが、金沢においては戦国末期から400年以上にわたり、文化を育むことで地域を活性化し、地域に住む人たちが誇りを持つことを延々とやってきています。しかも、ただ過去を大切にするのではなく、過去を活用してさらにもう一歩先に行こう、という努力が常になされています。

## 寡黙な工芸品読み取る

新しいものをやるから古いものが生き、以前のものもこんなに素晴らしいのかという再発見があることを金沢の人たちは実によく分かっていて、新しいものを取り入れて浮かれるだけでなく、過去を見直し、過去のよさが今の自分たちの文化につながっていることを再確認しています。だから金沢の人は非常に安定感があるし、品がある。それが日本全体を見渡しても、この地の人々が文化を尊重していることの証しだと思います。

――石川県立美術館に新たにＶＲシアターが整備されました。

ルネサンスやバロックの絵画は、全ての物語が絵の中に入っていて、絵解きさえすれば、画家が伝えたかったことが分かります。ところが日本の工芸品は美術的な価値は非常に高くても、あまり自分自身を語りません。寡黙なので、見る側が目利きとして言葉を読み解かなくてはいけないのですが、それが難しい。だから今回、ＶＲを通して上から見たり下から見たり、蓋を取って中を見たり、いろいろな角度から鑑賞できるので、寡黙な工芸品の内に秘めている言葉を読み取ることができ、今まで以上に作品の価値を理解できると期待しています。

石川県立美術館に新設された「VRシアター」。
高精細画像で展示品を鑑賞できる

## 作品の前で食事会

展示方法における先進的な取り組みとしては、オランダ・アムステルダム国立美術館が所蔵するレンブラントの「夜警」が印象に残っています。国立美術館のリニューアルオープンの際には、作品の前で食事会を開き、現在はその前で子どもたちが遊べるようになっています。いろいろな角度から見られるように、美術館が努力して新しい手法を取り入れています。

最近はパブリックドメインといって、写真撮影も商業写真としての使用も自由で、そのほうが世界中の多くの人にいい作品の存在を認識してもらえるという考え方です。一方でイタリアは、文化財で予算を稼ごうと写真撮影料を取り、印刷物にすればまた料金を取る。どちらがいいかは十分な結果が出ていませんが、われわれは両方を意識して工夫しながら、日本の美術愛好家が一番楽しめる方策を考えていきたいですね。

——金沢でも石川県立美術館を中心に、本多の森周辺は文化観光の拠点として位置付けられています。今回の展覧会も一帯でさまざまな取り組みがありますが、どんなことを期待しますか。

金沢は終戦2カ月後から現代美術展を開くなど、芸術を生活の中に取り込む運動に非常に積極的な街です。展覧会そして国民文化祭では、本多の森にある文化施設が連携しながらそれぞれの蓄積を発表していくので、ぜひ全体を見ていただき、美術、歴史、芸能と、いかに豊かな文化があるかを再確認していただきたいです。そして文化祭が終わっても、興味を持ったものについては、さらに深めて楽しんでいただきたいです。

特集　皇室の至宝を見よ

インタビュー

# 工芸王国に勇気と展望与える
# 文化芸術が先に立つモデルに

前文化庁長官・国立工芸館顧問　宮田　亮平

皇室に寄せられた至宝をもっと広く活用できないか。三の丸尚蔵館に収蔵されていた至宝の公開に力を尽くしたのが国立工芸館顧問の宮田亮平前文化庁長官である。2016～21年の長官時代を振り返った。（聞き手と構成は宮下岳丈編集長）

## 日本国民の宝物

三の丸尚蔵館には、皇室に献上・継承された宝物が納められています。全部で1万点近くになります。日本国民が皇室を愛している、尊敬しているという一つの表れじゃないでしょうか。

いずれも皇室で継承された日本国民の宝物と言

えると思います。ありがたいことに、宮内庁など歴代の方々がそれぞれの献上品等を大切にお守りをしてくださっていました。現在に至るまで丁寧な形で収蔵されてきたのです。

ただし、宝物という性質上、やはり公開の機会は限られていました。長く後世に向けて伝えるという面では、非常にプラスに働いたかもしれませんが、国の財産として積極的に何かのために活用するという目的を主にしたものではありませんでした。

私が東京藝大の学生当時の話ですが、皇室で継承されていたこれらの宝物へ接することは、大変なことでした。展覧会でそこからほんの1、2点出品されるだけでも、もうその展覧会は大成功。そのぐらいの価値のあるものでした。その後、平成5（1993）年に開館した三の丸尚蔵館は、「収蔵する」ということを主としているわけですから、積極的に公開する、展示替えをして国民に見てもらうというような環境ではありませんでした。私はずっと、「も

**宮田亮平**（みやた・りょうへい）

1945（昭和20）年新潟県佐渡市生まれ。72年東京藝大大学院修了。金工作家として、イルカを題材にした「シュプリンゲン」シリーズなどを手掛け、2012年に日本芸術院賞、23年日本芸術院会員。東京藝大学長を経て、16～21年に文化庁長官を務めた。22年5月、日展理事長に就き、同年7月から国立工芸館顧問。

ったいないな」「残念だな」と思っていました。もっと大きく開かれた感じになってくれたらいいな、というふうにですね。

私が学生時代に見た尚蔵館の作品で、一番感銘を受けたのは、海野勝珉(うんのしょうみん)の「太平楽置物(たいへいらくおきもの)」でした。佐渡の金工の家の出ですから…さすがは尚蔵館、「すごいなー」という一言でしたね。舞楽の舞を表情で作っているわけです。

## 金属での表現に可能性

金属もここまでいろんな表現ができるんだ、という可能性を感じました。僕は当時、絵画の先生方がちょっとうらやましく感じていたんです。たくさんの色が使えますからね。「太平楽置物」を見た時に、「金属でも、色を表現できるんだ」って力づけられました。勇気と、将来に対する展望を感じることができたわけです。

東京藝大の学部長をしていた時に、その「太平楽置物」を学内で展示する機会がありました。今の(東京藝大)美術館長の黒川廣子さんが「もう、これだけはぜひ」と働きかけて下さって、うれしかったですね。

今回、その「太平楽置物」が金沢で展示されるわけです。工芸王国石川には唯一無二のものがある。金工の人だけではなく、漆や絵画の人にも大きな刺激になると思います。文化芸術のいろんなジャンルの方が作品を見ることで、「ここまでやるんだ」「こういう日本人のDNAを俺たちも持ってるんだ」という自信につながっていくんじゃないか。そういう意味では得難い機会だと思っています。

不思議に世の中というのは、うまくいろんなも

# 明治天皇の計らいで精緻に

《太平楽置物》海野勝珉　1899（明治32）年
三の丸尚蔵館収蔵／国立工芸館で通期展示

太平楽は萬歳楽とともに即位の礼など国家の慶事で披露される舞楽である。項羽と劉邦の前で剣の舞が繰り広げられた「鴻門の会」の故事から、9世紀の文徳天皇の時代に初めて演じられたという。

作者の海野は幕末の水戸藩生まれで、維新後に金工の名手として頭角を現し、帝室技芸員となった。明治以降、急速に廃れた刀装具の技術を生かし、彫金や鍛金の技を駆使して高さ57センチの武人像を仕上げた。

制作の背景には明治天皇の特別な計らいがあったとされる。海野らが実際の舞を見学できるようにしたのだ。いかに金工の名手であっても、モデルがいなければ精緻な作品は不可能だ。引き締まった武人の顔、流れるような布の柔らかさ、手にした剣の鋭さなど、あふれる写実で負託に応えた。1900（明治33）年のパリ万博に出品され、日本の美と技を示した。

のが重なるんですよね。私が文化庁長官だった令和元（2019）年、石川県で国民文化祭を開くことを内定しました。ちょうど、国立工芸館が金沢に移転オープンして、その後、私は顧問に就任させていただきました。私が長官の任命を受けたときの文部科学大臣が、馳浩さんでした。今は石川県知事です。辞令をいただいた時、「謹んでお受けいたします。ですが、芸術家もやり続けます」と申し上げたら、大臣は笑っておられました。これが心に残られていたのか、今年の正月に馳知事はプロレスをされていらっしゃったとか。

文化庁長官時代の話ですが、菅義偉官房長官（後に首相）を三の丸尚蔵館にご案内しました。新型コロナ以前で、インバウンド（訪日客）の勢いがすごい時代でした。それに日本はどう応えるか。応えるだけのものはどこにあるのかと考えると、それはやはり文化芸術であると思いました。その中でもすばらしいものが、三の丸尚蔵館にあると。日本を訪れた方に、日本の宝を見ていただく機会ができればいいな、と思っていました。作品を見れば、「日本人力（りょく）」が伝わるはずです。皇居の中にある尚蔵館をぜひ公開したほうがいいと考えました。菅長官に「一度、行きませんか」と申し上げたのです。

そういう経験から、尚蔵館を見ると、「狭い」というのが実感でした。昭和天皇の所蔵品に加えて、他の宮家分が加わって1万点くらいに膨れ上がっている。これはいかがなものかな、と思いました。私は教授時代、東京藝大美術館を造るときの設立メンバーでした。しっかりと造らないといい作品を保存できないと考えていました。

棚にはポンと「更級日記（さらしなにっき）」（※）が置いてある

※**更級日記**　平安時代の11世紀に菅原孝標（たかすえ）の娘（1008〜?）が執筆した回想記。三の丸尚蔵館には藤原定家が13世紀に筆写したものが伝わる。

んです。本物です。中学や高校の古典の教科書に載るほどの貴重なテキストなんです。僕の希望として、「日本国民が大事にするべきです。ぜひ、お力をちょうだいしたい」と菅長官に申し上げました。

## 専門の人材を増やす

ただし、皇居の中の話ですので、文化庁も正直尻込みしますすし、宮内庁もなかなか動かなかったという事情があります。まず、尚蔵館のために優秀な人材を育てることが大切です。人材が実際に少なかったんです。8倍の規模がいると思いました。学芸関係の専門官は7人だったのを18人に増やすことになりました。やはり、所蔵品をしっかりと見る人がいないと始まりません。

データはしっかりとしたものでした。約980点の中から、国宝、重要文化財級を含め、文化的・歴史的に特に優れたもの2500点をスムースに見極めることができたのもそのためです。「金沢本万葉集」もその一つでありました。慣例であったと聞いておりますが、尚蔵館の収蔵品は長く国宝などの文化財に指定されていませんでした。格付けをするなんて、とんでもない、ということだったのです。

収蔵品の素晴らしさを日本人に知ってもらい、かつ、日本を訪れる外国人にすごさを知ってもらえるようになってもらえたらうれしい、ということだと思います。一連の仕事で、皇室が国民により親しまれるようになり、心の中で「お堀」が埋まってくれるといいのではないでしょうか。皇室に献上された収蔵品を拝見することができるきっかけ作りの一部をさせていただきました。

地方での公開の取り組みも始まりました。徳島市の徳島城博物館で平成30(2018)年に維新後に旧徳島藩蜂須賀家から皇室に献上された品(「宇治川蛍蒔絵料紙箱・硯箱」)を里帰りさせる企画展をしましたら、「こんなすばらしいものを献上していたのか」と大好評でした。地元の人々が、プライドを持てるということは、どれだけ大きな人間の活力になるということか。オープニングに参加して実感しました。

## 人的な交流を動かす力に

以前、金沢は「文化の三輪車」の先進地だとお話する機会がありました。地域を動かす力を三輪車に例えると、文化が「前輪」、経済、観光が「後輪」にある。三つの車輪によって地域が安定し、より遠くまでこいでいけるわけです。

この三輪車を動かす活力の源とは、文化への誇り、プライドだと思います。それを形にして見ることができるという意味で、美術品は大きな意味を持っていると思います。人的な交流を動かす力があります。人の動きから地域にとってのうまみ、経済の活性化が生まれます。

文化芸術が先に立つモデルだと思います。三輪車のハンドリング、舵取りをする人の役割は重要ですね。三つの車輪に動力を伝える人の力も大切です。

全国広しといえども、そういった関係に一番理解があるのが、石川県。そう言い切っていいんじゃないですか。地元紙である北國新聞、メディアの力は大きいと思います。

特集　皇室の至宝を見よ

# 「文化絢爛」担う　芸文協の歩み

本誌編集室

**1992（平成4）年、石川県内で開かれた国民文化祭で、一粒の種が蒔かれた。種は4年後に芽吹く。2023（令和5）年現在は、たくましい幹を擁し、豊かな枝葉を広げるに至った。31年ぶりの国民文化祭を担う石川県芸術文化協会、芸文協である。現在、県内で活動する50団体が加盟し、文化立県の推進役を担う。開幕を前に「文化絢爛」を体現してきた芸文協の歩みを振り返りたい。**

## 前面に出て、手助けする

「芸文協が前面に出て、事業推進を手助けする立場になった。芸文協初の国民文化祭に向け気持ちを引き締め、『文化絢爛』を実感できるよう協力してほしい」

2022（令和4）年10月、金沢市内のホテル。国民文化祭に向けた「キックオフパーティー」の席上、石川県芸術文化協会の飛田秀一会長（北國新聞社会長）が参加者に結束を呼び掛けた。

国民文化祭とビエンナーレへ結束を確認したキックオフパーティー＝2022年10月、金沢市内のホテル

国民文化祭の実行委会長を務める馳浩石川県知事は来賓としてあいさつに立ち「芸文協の『一つになる力』を国民文化祭で発揮していただき、本物の文化を世界に発信したい」と述べた。

この日、会場には、芸文協加盟団体の代表者ら255人が集った。芸文協は「県内の芸術・芸能・文芸及び生活文化の普及振興事業を行うことにより、伝統文化の継承と新たな文化の創造を図り、地域の文化振興に寄与する」と掲げる。今年8月時点で、美術、音楽、文芸などの一線で精進を続ける50団体が加盟している。

パーティーは国民文化祭と同時に開かれる「ビエンナーレいしかわ秋の芸術祭」のキックオフを兼ねていた。ビエンナーレとはイタリア語で「隔年」「1年置き」の意味がある。1999（平成11）年以降、2年に一度開かれ、期間中に芸文協による演奏会などの自主事業や、加盟団体の催しを展開してきた。

13回目となる2023年の「ビエンナーレいしかわ秋の芸術祭」は、実行委員会、石川県、芸文協が一体となって9月1日から12月3日までの間に過去最多である67事業を繰り広げる。50団体が総出となり、国民文化祭と一体となって文化の秋を盛り上げる。

今年6月の芸文協理事会で、飛田会長は「石川の文化振興を担う組織として存在感が増している。秋の国民文化祭でも芸文協が実行部隊となり引っ張っていきたい」と力強く述べている。

## 異分野交流のきっかけに

国民文化祭と芸文協、そしてビエンナーレの3者には切っても切り離せない関係がある。

1992(平成4)年に石川県で初めて開かれた国民文化祭の概要を振り返っておきたい。

「伝統と創造」をテーマに掲げて全44事業が繰り広げられた。約2200人が出席した開会式であいさつした国民文化祭実行委員会の三浦朱門会長(作家、元文化庁長官)は「伝統文化と近代が連続した全国でもまれな地域」と石川県について評価した。

開幕日には金沢市の石川県立歴史博物館前から県中央公園(現いしかわ四高記念公園)までパレードが繰り広げられ、加賀鳶(とび)はしご登り、野々市じょんから、七尾まだらなどが披露された。皇太子さま(現天皇陛

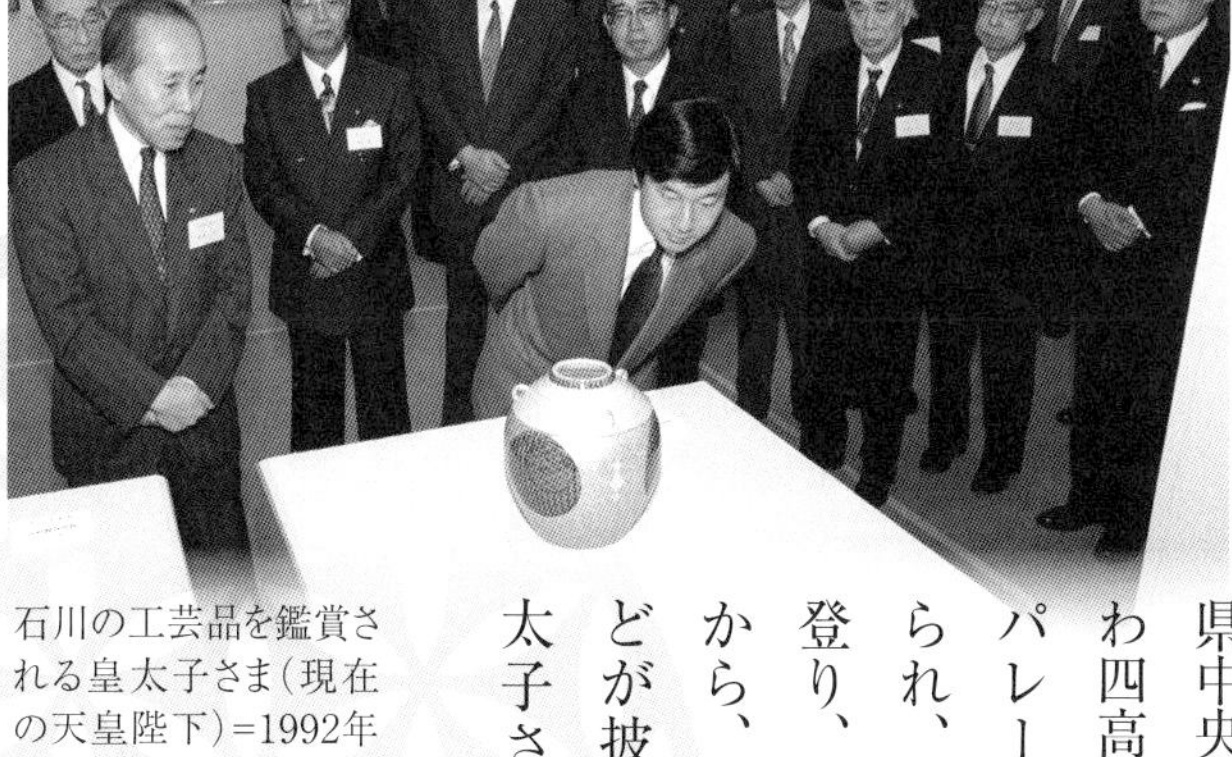

石川の工芸品を鑑賞される皇太子さま(現在の天皇陛下)=1992年10月、金沢市の北國新聞会館

下）は、金沢市の北國新聞会館が会場となった協賛行事「石川の美術工芸―代表作家展」を鑑賞されている。

舞台裏では、これまでなかったような異分野交流も生まれた。本誌で「音楽あれこれ」（122ページ）を連載する「いしかわ・金沢 風と緑の楽都音楽祭」シニア・アドバイザーの山田正幸さんは、邦楽家の初代釣谷雅楽房さんと和洋融合の演奏ができないか模索したことを振り返る。

「僕はオーケストラ・アンサンブル金沢の裏方で、すぐには実現しませんでしたが、オーケストラだけでは金沢の音楽を網羅できないと思いました。釣谷さんとは喧嘩もしましたが、邦楽の分野に人脈の幅が広がるきっかけになりましたね」。音楽の枠組みを超える起点だったという。

初回の国民文化祭の会期は10月24日から11月3日までの11日間だった。当時の国民文化祭としては標準的な日数であったが、石川県内の41市町村中、国民文化祭に参加したのは21市町村にとどまった。全19市町が参加し、44日間に151事業が予定される今回に比べればはるかに小規模だったと言えるだろう。

それでも国民文化祭には延べ50万4700人が足を運んだ。石川県にとって文化とはどんなものなのかを考えるきっかけになり、石川県立音楽堂や金沢21世紀美術館の整備への環境づくりにつながった。平成の文化立県の扉を開いたという意味では「黒船」だった。

国民文化祭後、さまざまな動きが生まれた。北國新聞社は石川県茶道協会とともに兼六園大茶会（現在の金沢城・兼六園大茶会）をポスト国民文化祭事業と銘打って翌1993（平成5）年に実施した。金沢市も有名アーティストを招いたコンサートを企画、津幡町では連句大会が開かれた。石川県も県民がこぞって参加できる文化行事を企画し1995（平成7）年に音楽を中心とした5日間の

「いしかわ秋の芸術祭」を実施している。

## 北國新聞が束ねる

しかし、課題が浮き上がってきた。石川には文化を旗印に県内全域を網羅する組織がなかったのである。県内全域で催しなどを開催する場合、行政によるバックアップ態勢を整えるのにも、より多くの自治体を巻き込むにも幅の広がりに限界があった。

その点、富山県は文化や芸術、各分野の団体を一本化した「富山県芸術文化協会」が全国に先駆けて1972(昭和47)年に発足していた。

文化土壌は富山より厚いはず、という自負がある石川に、なぜ横断組織がないのか。文化、芸術各分野でジャンルが異なる団体が連携、交流して「文化立県」という同じ目標に向かって力を出し合えば、新しい発見も生まれる。

地元紙である北國新聞は1996(平成8)年1月31日付朝刊で「文化県創造へ連携組織を」と題した社説を掲げ、民間主導の組織づくりの先頭に立つ。県全域を網羅して文化各界を束ねるのは、地域と哀歓を共にする地元紙でなければ、果たせない役割である。

北國新聞　平成8年（1996年）9月21日（土曜日）　第37311号　【日刊】

# 石川県芸術文化協会が設立

## 15団体加盟　構成人員3万人

石川県芸術文化協会の設立総会は二十日、金沢市の金沢東急ホテルで開かれ、加盟十五団体の関係者が石川の芸術文化土壌の一層の振興を誓った。加盟団体は財団法人石川県美術文化協会をはじめ、音楽、能楽、茶道、華道、邦楽舞踊、民謡、太鼓、文芸、服飾の関係分野が網羅され、県が推進する「文化立県」の核となる。役員では会長に県美術文化協会会長の飛田秀一北國新聞社社長を選んだ。協会加盟団体の構成人員は三万人を数え、総会では来春の財団法人化を目指すことを決めた。

石川の文化の継承と発展に力を合わせることを確認した石川県芸術文化協会設立記念パーティー　＝金沢市内のホテル

### 会長に飛田本社社長

石川県芸術文化協会は、県美術文化協会が世話人代表となり、設立準備を進めてきた。設立総会では、経過報告、会則、事業計画案を承認した後、飛田会長らの役員を選出した。

飛田会長は「協会は中身の充実した真の文化立県を目指すために重要な役割を担っている。会員の協力を得て協会の発展に全力を挙げたい」とあいさつした。

協会は事業目的に▽関係団体の相互の連絡調整▽芸術文化事業の開催▽関係団体の活動に対する助成▽芸術文化に関する調査などを掲げた。初年度は来秋、石川県で開催予定の文化庁芸術祭石川公演に向け協力する。事務局は北國新聞社内に置く。

会場では引き続き、関係者約二百人による設立記念パーティーが開かれた。飛田会長は常に新鮮に流れる川のように新たな文化の創造と発展に挑戦する必要を訴え、来賓の谷本正憲知事は「各団体が連携を密にして石川の文化の質をさらに高めてほしい」、下河内司金沢市助役は「活力と魅力あふれる郷土の文化振興に力添えをいただきたい」と祝辞を述べた。

県美術文化協会の浅蔵五十吉理事長の発声で乾杯し、出席者は分野を超えて和やかに懇談した後、山岸勇県県民文化局長のあいさつで締めくくった。

県芸術文化協会の加盟団体は次の通り。

県美術文化協会▽県音楽文化協会▽県音楽文化振興事業団▽県能楽文化協会▽県茶道協会▽県いけ花文化協会▽県邦楽舞踊協会▽県三曲協会▽県箏曲連盟▽県民謡協会▽県太鼓連盟▽日本デザイン文化協会北陸支部▽県俳文学協会▽県歌人協会▽県川柳協会

### 「文化立県」の核に

#### 財団法人化へ　広く門戸を開放

県芸術文化協会では今後、加盟組織を十五団体に限ることなく、他の関係団体にも広く門戸を開放していく。新規団体は理事会の承認を得て加盟となる。

石川県内では、芸術、芸

**県芸術文化協会役員**

▽顧問　谷本正憲（知事）山出保（金沢市長）▽会長　飛田秀一（県美術文化協会会長）▽副会長　山岸勇（県県民文化局長）下河内司（金沢市助役）嵯峨逸平（県邦楽舞踊協会長）深山彬（北國銀行常務）▽専務理事　西村稔（北國新聞社事業局長）▽理事　浅蔵五十吉（県美術文化協会理事長）大場松魚（同副会長）大樋長左衛門（同副理事長）川北良造（県音楽文化協会理事長）次郎間重昭（県音楽文化振興事業団専務理事）渡邊容之助（県能楽文化協会専務理事）大島宗翠（県茶道協会代表幹事）吉倉虎白（同）広瀬美穂（県いけ花文化協会専務理事）坂上雄晴（同）藤間勘奴（県邦楽舞踊協会副会長）藤間勘素佐（同理事長）杵屋六以満（同副理事長）新宅俊山（県三曲協会理事長）釣谷雅楽勝（県箏曲連盟理事長）作本康悦（県民謡協会理事長）池田庄作（県太鼓連盟理事長）北村敦子（日本デザイン文化協会北陸支部副支部長）受川秋邦（県俳文学協会理事長）陶山弘一（県歌人協会事務局長）開発秋輔（県川柳協会事務局長）▽監事　中町進（県美術文化協会事務局長）川端一知（県副出納長）安宅建樹（北國銀行企画部長）▽事務局長　大西隆栄（北國新聞社事業部次長）

石川県芸術文化協会の設立を報じる1996年9月21日付北國新聞朝刊

こうして同年9月に「石川県芸術文化協会」が産声を上げる。県美術文化協会が世話人代表となり、計15団体が原加盟団体となった。構成人員は実に3万人に及んだ。

芸文協会長に就いた県美術文化協会会長である飛田北國新聞社社長(現在は会長)は「協会は中身の充実した真の文化立県を目指すために重要な役割を担っている。会員の協力を得て協会の発展に全力を挙げたい」と呼び掛けた。

## 見えないものを実感

石川県には藩政期以来、重畳(ちょうじょう)と連なってきた文化の厚みがある。「さすが、文化のある土地ですね」とのお世辞を石川県外から訪れる旅の人にもらうこともある。しかし、ピンと来ない。落ち着いた街並み、美術館や博物館に並ぶ逸品、もてなしの席で体感する洗練された所作と生活文化の蓄積。住んでいる者にとっては「当たり前」であるからだ。空気と似ていて、身の回りに確かに存在し、不可欠であるけれども、目には見えない存在と言えるかもしれない。

芸文協の役割は、容易に実感できない文化の価値を何よりも県民、そして来訪者に体感できるようにする点にある。文化を体感できれば、この地に住む者としての誇りにつながる。

設立されたばかりの芸文協は翌1997(平成9)年9〜12月の文化庁芸術祭石川公演に臨む。文化庁が1985(昭和60)年から続く芸術祭の地方開催の最終回に当たる。芸文協は文化庁と県とともに主催した。「伝統の大地に創造の風」をテーマに県内17市町で21事業を展開した。

## ナポレオンよりモーツァルト

文化を体感できる機会を恒例にすることを目的に1999(平成11)年に開かれたのが、「ビエンナーレいしかわ秋の芸術祭」だった。

「物前(ものまえ)」として4月、約1千人を集めて金沢市内で開いた「芸文協春まつり」で芸文協の飛田会長は、脚本家ジェームス三木さんの言葉を引用して「英雄ナポレオンよりも音楽家のモーツァルトの方が後世への影響力は大きかった。文化の底力を、秋の芸術祭で披露したい」とあいさつした。泉鏡花の「化鳥(けちょう)」を俳優の幸田弘子さんが朗読する「響き逢(あ)う文字　谺(こだま)する声―ふるさとの文学を読む」の金沢公演を皮切りに10月30日から11月14日まで17公演が展開された。

県内の自治体も呼応した。小松市民センターでは「ポエトリー・リーディング」、中島町（現在の七尾市中島町）の能登演劇堂では町民劇団公演「銀河鉄道の夜」が行われた。金沢市観光会館（現在の金沢歌劇座）ではメイン行事としてオーケストラ・アンサンブル金沢の演奏、金沢出身の濱真奈美さんが主役を務めるオペラ「蝶々夫人」が上演された。明治の長崎を舞台にした日本人女性の悲恋物語に約1700人の観客がカーテンコールを繰り返した。

「ビエンナーレいしかわ秋の芸術祭」によって、芸文協は石川県内における「文化の結集軸」となった。加盟団体は次ページの表のように増えていく。茶の湯、能楽といった伝統的な分野ばかりではない。服飾デザイン、ダンス、演劇など幅広い団体が名を連ねる。新旧を問わず文化を創造、発信する人々・組織が合流していくことで「文化に

オーケストラ・アンサンブル金沢の演奏で華やかに繰り広げられた「蝶々夫人」の舞台＝1999年10月、金沢市観光会館（現金沢歌劇座）

## 芸文協加盟団体の拡大

| 加盟年 | 団体名 |
|---|---|
| 1996 | 石川県美術文化協会 |
| | 石川県音楽文化協会 |
| | 石川県音楽文化振興事業団 |
| | 石川県能楽文化協会 |
| | 石川県茶道協会 |
| | 石川県いけ花文化協会 |
| | 石川県邦楽舞踊協会（県邦楽舞踊特選会と統合） |
| | 石川県三曲協会 |
| | 石川県箏曲連盟 |
| | 石川県民謡協会 |
| | 石川県太鼓連盟 |
| | NDK日本デザイン文化協会北陸支部（解散） |
| | 石川県俳文学協会 |
| | 石川県歌人協会 |
| | 石川県川柳協会 |
| | 石川県吟剣詩舞道総連盟 |
| 1997 | 石川県洋舞連盟 |
| 1999 | 石川県婦人コーラス連盟 |
| 2000 | 石川県合唱連盟 |
| | 石川県編物協会 |
| | 北陸服装文化協会 |
| | 石川県吹奏楽連盟 |
| 2001 | 石川県水墨画連盟（解散） |
| 2002 | 石川県邦楽舞踊特選会（県邦楽舞踊協会と統合） |
| | 北陸小唄協会 |
| | 石川県文芸協会 |
| | かなざわ演劇人協会 |
| | 石川県書美術振興会（現在は県書美術連盟） |
| | 加賀美術協会（現在は加賀市美術協会） |
| | 小松市文化協会 |
| 2003 | 金沢芸術創造財団 |
| | 石川県歌謡文化協会 |
| 2004 | 北國写真連盟 |
| | YOSAKOIソーラン日本海組織委員会 |
| 2005 | 石川県ピアノ協会 |
| | 金沢文化振興財団 |
| | 全日本マーチングバンド・バトントワリング石川県連盟（現在は県マーチングバンド協会） |
| | 石川県リズムダンス協会 |
| 2007 | 北陸舞踊協会 |
| | 小松美術作家協会 |
| 2008 | 石川県かるた協会 |
| | 北國芸術振興財団 |
| 2009 | 石川県和装文化協会 |
| 2010 | 日本棋院支部石川県連合会 |
| | 日本将棋連盟石川県支部連合会 |
| 2013 | 石川県ビジュアルデザイン協会 |
| 2015 | 金沢美術工芸大学 |
| 2016 | 日本洋舞連合 |
| 2017 | 金沢市工芸協会 |
| 2019 | 石川県ダンス教師協会 |
| 2021 | 日展石川会 |
| 2022 | 学校法人金沢学院大学 |
| 2023 | 北國新聞文化センター |

よる街づくり」が進んでいく。

### 「文化外交」に乗り出す

2004（平成16）年には、芸文協は「文化外交」に乗り出す。芸文協は初の海外派遣交流事業として、「2004年ウィーン日本祭いしかわ」を開催し、加盟7団体135人がオーストリアの首都ウィーンとチェコの首都プラハを訪問した。

ウィーン日本祭はウィーン中心部のコンサートホール「コンツェルトハウス」の招きだった。オーストリア＝ハンガリー帝国時代の1913（大正2）年に創設され、ストラビンスキーやバルトークら著名な音楽家が自作の初演を行った由緒あるホールである。日本の県単位の文化団体が招

熱狂的な拍手に包まれた日本祭いしかわのフィナーレ=2004年11月、オーストリア・ウィーンの「コンツェルトハウス」

聘（へい）を受けるのは初めてのことであった。

約1800人で大ホールが埋まり、フィナーレを飾った太鼓演奏では、会場に手拍子が広がり、演奏終了後もスタンディングオベーションがやまなかった。県太鼓連盟の木越治理事（当時）は北國新聞の取材に「フィナーレでのうなるような拍手は忘れられない。あの拍手が今後のメンバーの力になる」と語っていた。地域に集積された文化を示すことで、他国民の異文化理解を深める海外公演は、担い手を力づけるエネルギーをもたらした。

芸文協はその後も「日本祭いしかわ」と銘打ってオーストラリア（2006年）、ドイツ（08年）、米国（10年）、イタリア（12年）と交流を重ねた。新型コロナ禍を終え、芸文協は2024（令和6）年2月にハワイで12年ぶりとなる海外公演を予定している。

## 平成ルネサンスを牽引（けんいん）

31年ぶりの国民文化祭を迎える石川県で、決定的に前回と異なっているのは、「文化立県」の結集軸となる芸文協の存在である。国民文化祭から生まれ、大きな成長を遂げ、石川の「平成ルネサンス」を牽引してきた。芸文協は2019（令和元）年、新設された県文化功労賞特別賞を受けた。すでに「ビエンナーレいしかわ秋の芸術祭」の毎年開催を提言するなど、国民文化祭後に視線を見据えている。

ビエンナーレいしかわ秋の芸術祭と国民文化祭の合同プレイベントとして開かれた「バーミンガム市交響楽団」金沢公演＝今年6月、金沢市の石川県立音楽堂

## 文化は生きている

北國新聞は1995（平成7）年の文化の日、11月3日付で「灯台下暗しに気付こう」と題した社説を掲載した。

この地に積み重ねられてきた文化を意識していたかと問い、「個性ある地域伝統文化を私たちは今も本当に大切にし、現代的に展開しているかと言うと、いささか心もとない」と自省した。昭和の石川県は大きな戦災に見舞われずにすんだものの、利便性を追求してそれ以前からの風儀を失った。一方で、伝統の名にあぐらをかき、すでにあるものを朽ちるに任せていなかったか。社説は「石川の地域文化、伝統文化は、石川の地にしかなく、石川の地だからこそ、はぐくんできたものである」と記している。

芸文協は実感しにくい文化を、生きたもの、見えるものにしてきた。国民文化祭を機に、この地を興していく心意気をくみ取りたい。

【最終回】連載

# 赤羽萬次郎が生きた時代④

北國新聞が産声を上げたのは、情報伝達が加速する時代だった。新聞は地方に中央の動静を伝える役割を担う。北國新聞創刊者である赤羽萬次郎(あかばねまんじろう)は、これとは「逆の流れ」を思い描いていたのではないか。七尾市在住の作家、出崎哲弥氏が読み解く。

創刊号である明治26(1893)年8月5日付の北國新聞。赤羽萬次郎は「森羅万象の案内者」となることを宣言した

連載

# 赤羽萬次郎が生きた時代④

出崎 哲弥

## 「与論（よろん）の本（もと）」という理想

### 往来交通

新聞が作られる。各家庭に届けられる。——一連の流れを思いうかべてみてほしい。

取材～編集～印刷～輸送

各段階に何らかの機械（機材）が関わる。

明治十二（一八七九）年、福沢諭吉が『民情一新』を著した。注目すべき文明の「利器」四つを挙げている。

【蒸気船・車】【電信】【郵便】【印刷】

いずれも前記の流れに欠かせない。

国内では明治二十三（一八九〇）年までに四つが足並みをそろえて発展を遂げる。

憲法発布が明治二十二年、国会開設が明治二十三年。政府が近代化の区切りと位置づけて急いだことがわかる。

『北國新聞』創刊（明治二十六年）あたりまでの進歩をざっと辿ってみる。※Mは「明治○年」を表す。

【蒸気船】M3、岩崎弥太郎が東京～大阪～高知間の汽船運輸開業。M9、会社（郵便汽船三菱）となって航路拡大。

【蒸気車（鉄道）】M5、新橋～横浜間で開業。以後東京・大阪を起点に拡大。M22、東海道線全通。M24、東北線（～青森）全通。

【電　信】M2、横浜で800メートル開設。M4、海底ケーブルによって長崎で欧米との通信開始。M12までに国内主要都市が結ばれる。

【電　話】M9、アメリカで発明。翌年には日本に伝わる。M22、東京～熱海間で実用開始。

【郵　便】M4、東京～大阪間で開業。翌年には県庁所在地を網羅。M11時点で東京～新潟を夏3日半、冬6日で届けるまでに。

【印　刷】M6、国産鉛活字による活版印刷所開業。当初は平圧印刷機（手動で一枚一枚の紙に刷る）を使用。M23、フランス製動力輪転機を輸入。印刷能力は20倍に向上。M15～16、欧米で写真を網点印刷する技術が生み出される（日本の印刷物では約10年後に初出）。

わずか二十年間とは思えない進みように驚く。幕末生まれの赤羽萬次郎にはどう映っただろう。夢物語が現実になるような世界ではなかったか。

福沢の『民情一新』と同じ明治十二年、大新聞（おおしんぶん）『朝野新聞』が「往来交通」と題した社説を掲げた。

「往来交通」にカタカナのルビがふられていた。

――コムミユニケーシヨン

日本で初めてコミュニケーションについて論じたとされる。社説は「往来交通」を人・物・知識の行き来と定義する。なかでも知識を重視する。郵便、電信、新聞――三つの「器具」が「往来交通」に革命をもたらしていると述べる。

三つのうち新聞のみは不特定多数を対象とする。郵便、電信のように双方向性を持たない。投書等を考えても「往来」とまでは言いにくい。郵便、電信と同列で語られることには少々違和感を覚える。新聞は外すか次のように別立てにすべきところだろう。

――マス・コミュニケーション

別立てにしようにも当時この語はまだなかった。

明治末期、金沢の犀川鉄橋を渡る蒸気機関車。文明の利器は発展を続けた

第二次世界大戦後にようやく現れる。日本語では「大衆伝達」と訳されることになる。将来訪れるマスコミ時代の予感が社説からうかがえる。

新聞の転機はすでに明治十(一八七七)年にあった。西南戦争で新聞発行部数は一気に増大した。西郷びいきもあって庶民の関心は高かった。政府からの情報を待って掲載するだけの新聞は売れない。蒸気船で記者を戦地へ送りこむ。取材をもとにした記事を郵送させる。臨場感をもって戦況を伝える新聞が飛ぶように売れた。

教育のめざましい普及も新聞読者拡大につながった。明治十年生まれの世代は尋常小学校(尋常科)の卒業率が二割に満たない。明治二十年生まれになると五割を超える。

明治十八(一八八五)年は萬次郎にとって五年近い東京時代最後の年にあたる。

新聞は変化を迫られていた。

政党に肩入れした大新聞の政論は相手にされない。怪しげな小新聞の噂話も相手にされない。大衆は早くて正確なニュース報道を求めている。要望に応えるための「利器」もそろってきた。

もともと事件種を扱ってきた小新聞は機敏に脱皮をはかった。裏を取って記事の信頼度を高める。大新聞の専売特許である政治・経済にも手を広げる。「中新聞」化を果たす。商業的に成功した。対して大新聞は立ちおくれる。政党機関紙の色がぬぐえないこともひびいた。中央での勝負はほぼついたといえる。

大新聞『東京横浜毎日新聞』に萬次郎は携わってきた。影の薄くなる大新聞に思いをくすぶらせたにちがいない。一方で自分なりの答えを探りつづけていたと思われる。

――これからの新聞はどうあるべきか。

明治十八(一八八五)年、二十四歳の萬次郎は東京を離れる。大阪、長野と経て明治二十一（一八八八）年三月、金沢へ。求める答えが東京ではない土地にあると直感していたのかもしれない。

## 転身

その明治十八（一八八五）年、ある小新聞が次の見出しを掲げて記事を載せた。

《旧新聞記者の官員様》

四十二名の官員（政府官僚）の名前と役職が並ぶ。それぞれに〈以前お勤め遊ばされし新聞の社名〉が添えられる。

言葉の端々から嫌味が伝わってくる。

明治十年代、政府は民権派の大新聞をきびしく弾圧した。同時に官職を与えて有力記者を権力側に取りこむ作戦もとった。

民権派記者は木鐸意識が強い。社会の指導的立場となることにためらいは少なかったと思われる。大新聞が行きづまるなか次々と転身していった。相次ぐ記者の転身で大新聞は読者の不信をかう。政府の思惑どおりに事が運んだことになる。

記者からの転身組には後の首相も含まれる――西園寺公望、原敬、犬養毅。※原敬は官権派新聞所属。

なかでも犬養毅は立身出世をめざす書生たちの憧れを集めた。明治八年、二十一歳で犬養は岡山から上京した。書生を経て『郵便報知新聞』の記者になる。明治十年の西南戦争に際して戦地に派遣された。戦場を駆け回って取材した記事で一躍名をなす。ほどなく能力を買われて誘いを受ける。大蔵省に入った。

明治十年代半ば、人口約百万の東京には五万を超える書生がいた。当時流行した「書生節」はこう始まる。

——書生書生と軽蔑するな　明日は太政官のお役人　ヨサコイヨサコイ……

加えて書生たちは言い交わしたという。

——いずれは犬養さんのようになりたいものだ……

明治十五年に自由民権家を紹介する冊子が刊行された。犬養毅、福沢諭吉らと並んで萬次郎は五十傑に数えられていた。

萬次郎に転身の勧めがあったとしてもおかしくない。断ったとみえる。

萬次郎はジャーナリストであることを貫いた。使命感からだけではない。新聞づくりに引きこまれていたのだろう。上京したての萬次郎なら場合によっては転身もありえた。東京での記者生活で新聞観・記者観が変化した証しともいえる。

犬養毅を明治知識人の第一世代とすると赤羽萬次郎は第二世代ということになる。

第一世代には士族の子弟が多い。得意分野を持ちつつ「政治家兼〜」の立場をとった。

ひと回り下の第二世代は農・商出身者が主となる。生涯を捧げる分野をこれと定めてつきつめる。続く世代を導いた。

第二世代を代表する一人に植物学者・牧野富太郎がいる。今放映中のＮＨＫ連続テレビ小説『らんまん』の主人公・槙野万太郎は富太郎をモデルとしている。

富太郎と萬次郎には似通った点がある。年齢は萬次郎が一つだけ上でほとんど違わない。ともに商家に生まれた。郷里で自由民権運動に加わった。青年期上京した。

萬次郎の東京時代、富太郎も東京帝大に出入りするなどしていた。二人が東京のどこかですれ違っていた可能性もある。

ドラマには官職をめざす帝大生たちが出てくる。

植物学研究室を単なる腰掛けとしか考えていない。主人公はといえば植物研究にひたすら熱中する。対照的に描かれる。誇張はあるにしても当時の風潮をよくとらえている。

富太郎は独力で日本初の植物図鑑を世に出す。わが国植物学の先駆者となった。

他の分野でも第二世代から同様の専門家が誕生している。科学・文学・芸術等々……。

萬次郎は「中央の指導者」となる道を選ばなかった。金沢で「地方の案内者」をめざすことになる。本稿も金沢へ舞台を移す。

## ふるさと

萬次郎が金沢で『北國新聞』を創刊するに至る経緯はあちこちに書かれている。まとめてみた――。

国会開設をひかえて政党活動が再び活発化した。金沢では自由党系の『北陸新聞』と改進党系の『北陸新報』がしのぎを削っていた。明治二十一（一八八八）年、『北陸新報』は劣勢にあった。挽回しようと改進党に連なる萬次郎を主筆に招いた。五年後、突然社主が新聞もろとも自由党に鞍替え（くらがえ）した。萬次郎は激憤して社を去った。二カ月後に自ら『北國新聞』をたちあげた……。

改進党系新聞の助っ人として萬次郎は金沢に来たという。異論とまでは言わないが思うところがある。

政論・政争に終始する地方紙は古い大新聞と変わりがない。萬次郎には金沢に来る時点で地方紙に対する不満があった。独自の新しい新聞を生み出す機会を待っていた。政党をめぐる紛糾を好機とみたのではないだろうか。そう考えると退社わずか二カ月という早さでの『北國』創刊もうなずける。

独自の新しい新聞――『北國』創刊号で萬次郎が面白い表現をしている。

――北國新聞は普通新聞中の最も普通新聞なりといふべし

今までの新聞と異なるものを送り出しておいてさらっと言ってのける。いずれこれが普通になるのだという自信がみなぎる。

萬次郎はまず正確で早い報道を姿勢として打ち出す。その上で「党派外に卓立(たくりつ)す」とした。中央の新聞が盛んに謳(うた)うようになった「不偏不党」とも通じる。どの政党にも肩入れしないことを意味する。当時の地方紙ではありえなかった。

「中新聞」化した中央の小新聞は政党との関係がもともとないことを売りにしていた。大新聞が脱皮に苦戦したのはこの点にある。萬次郎は大新聞を見限らない。新しい新聞の「視点」として生かした。

出来事を選ぶ、切り取る、伝える。そこには視点が必要になる。売ることを優先すれば事実をゆがめるおそれが生じる。下手をすると人を不当に傷つけることにもなりかねない。現にかつての小新聞ではしばしば起きていた。

萬次郎が示した視点はもちろん自由民権運動、さらに『東京横浜毎日新聞』に由来する。

――よりよい社会の実現をめざす。「ついて来い」の急進主義ではない。「ともに一歩ずつ」の漸進主義をとる。つまり読者に寄り添う。

読者に寄り添うために小新聞の要素を取り入れた。身近な内容、幅広い取材、読みやすさ……。

身近な内容――地方面の充実も新しかった。それまでは地方紙といっても中央の話題が大部分を占めていた。

かたやイギリスには独自の地方紙があった。地元の高校クリケット部の試合結果、バラのきれいな花壇などの記事が載る。欧米の新聞から萬次郎がヒントを得たとも想像できる。

自由民権運動の視点、地方面の充実。大新聞と小新聞のよさを合わせて萬次郎は新しい地方紙を生み出した。

いく度も取りあげてきた『北國新聞』創刊宣言に戻る。

――ふるさとの森羅万象の案内者となる。

じつはこの宣言、創刊紙面では「社会の森羅万象の案内者」となっている。萬次郎その人は「ふるさと」の語を用いていない。本誌編集室に調べてもらった。「ふるさとの――」の『北國新聞』初出は意外と新しい。四半世紀前とわかった。

萬次郎は創刊にあたって地方を重視した。「社会の――」と「ふるさとの――」の置き換えはそこからだろうという。

今回は萬次郎の言葉として「ふるさと」を扱うつもりでいた。あてが外れた。少々残念に思いつつあえて述べたい。

「ふるさと」の語は『北國』創刊時にふさわしい。

その地に生まれ育った在住者は「ふるさと」とは言わない。出身地を離れてはじめて使う。移動の少ない封建時代にはあまり見られなかった。

明治時代中期以降、地方から多くの若者が志を胸に上京した。萬次郎もその中に含まれる。奮闘しながら彼らはふっと望郷の念にとらわれる。「ふるさと」は都会で故郷をしのぶ語として次第に共有されていった。

　ふるさとの訛(なまり)なつかし
　停車場の人ごみの中に
　そを聴きにいく

石川啄木は明治四十三(一九一〇)年に詠(うた)った。

うさぎ追いしかの山
こぶな釣りしかの川……

今も愛唱される文部省唱歌『故郷』は大正三（一九一四）年に生まれている。

『北國新聞』以前、地方の人々にとって新聞は中央の情報を知る道具だった。萬次郎は逆の流れを生み出そうと思いえがいていたのではないか。

金沢市の北國新聞会館横の赤羽萬次郎公園に立つ銅像

都会に暮らす地方出身者が故郷の情報を新聞で手に入れる。地方からの発信が中央に影響を与える。そんな理想の感じとれる言葉を萬次郎は残している。

——地方は与論の本なり

萬次郎は創刊宣言が「ふるさとの——」で広がっても文句は言わないだろう。

新聞草創期について研究者の書いた文章を読むことがある。『北國新聞』と仙台の『河北新報』が二紙一組でたびたび登場する。独自性をもった地方紙のさきがけと紹介される。『河北新報』は明治三十（一八九七）年、一力健治郎によって創刊された。健治郎は萬次郎の二歳下にあたる。

戊辰戦争以降、東北地方は中央から軽んじられてきた。「白河（の関）以北は一山百文」と揶揄された。屈辱的なこの言葉から健治郎は『河北新報』と名づける。新聞の力で東北の発展をめざす決意をこめた。『北國新聞』同様「不偏不党」を掲げて地方面を重視した。

同じ志を持つ同世代が遠く離れた東北の地で新聞をおこした。萬次郎はどこまで知っていただろう。すでに胸を病んで病床にあった。

『河北新報』創刊の翌年——明治三十一(一八九八)年九月二十日、赤羽萬次郎は三十七年の短い生涯を閉じた。

遺志をついで『北國新聞』は発刊を重ねる。この夏、創刊百三十年を迎えた。

(おわり)

出崎哲弥氏連載「赤羽萬次郎が生きた時代」

私たちが応援します

**(公財)演劇のまち振興事業団**
**(株)どんたく**
**のと共栄信用金庫**

(50音順)

**出崎哲弥**(でざき・てつや)

1964(昭和39)年生まれ。中学校の教諭(美術科)を務める傍ら、2011(平成23)年に泉鏡花と関東大震災をテーマにしたエッセーで赤羽萬次郎賞(北國新聞社、赤羽萬次郎顕彰会主催)に入賞、創作を志す。17年に退職し、執筆に専念。20年に東京都北区の「北区内田康夫ミステリー文学賞」特別賞、21年に「装束ゑの木」で文藝春秋社主催の第101回オール讀物新人賞。七尾市在住。

生誕150年
近代を拓(ひら)いた先人の肖像
第3回

# 日置(へき) 謙(けん)

寄稿

# 北國新聞で連載小説 赤羽が育てた郷土史の碩学(せきがく)

金沢ふるさと偉人館副館長
増山 仁

1897(明治30)年1月1日付の北國新聞の1面中央に新連載小説が掲載された。

タイトルは「雛夫婦(ひなめおと)」。金沢のさる立派な屋敷が舞台である。堅物と評される19歳の若旦那(わかだんな)の部屋から、年末の大掃除で女性の写真が出てきた。嫁取りの行方を案じる老親はやきもきする。

### 日置 謙(1873〜1946)

小学校教師の渡部惟清の長男として金沢市田町(現在の天神町2丁目周辺)に生まれる(異説あり)。旧制第四高等中学を卒業後、教員となる。石川県尋常師範学校を振り出しに、熊本、福井、岩手の中学校などで教鞭を執り、旧制金沢一中教授。1921(大正10)年から『石川県史』の編纂に携わり、1928(昭和3)年に前田侯爵家から『加賀藩史料』の編集を委嘱された。『羽咋郡誌』など自治体史の編纂にも取り組んだ。

「知るも知らぬもなべての人の品評（しなさだめ）、これより外（ほか）はあらざりけるなり」と筆運びは小気味いい。小説は3月9日付まで全40回続く。

「糸雨（しう）」とある作者の正体は、日置（へき）謙（けん）である。郷土史の碩学（せきがく）であり今年、生誕150年を迎えた。連載当時は旧制第四高等中学校（四高の前身）を3年前に卒業したばかりの若手教員

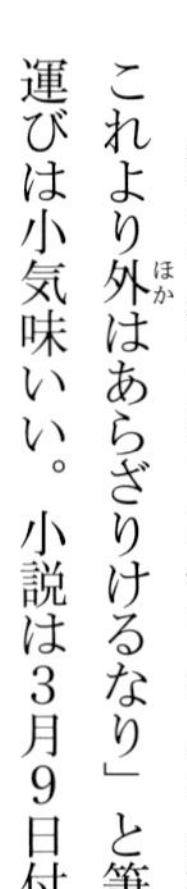

日置が「糸雨」の筆名で執筆した小説「雛夫婦」の第1回。1897年1月1日付の北國新聞1面に掲載され、3月まで連載が続いた

1969（昭和44）年に建立された日置の頌功碑。中西陽一石川県知事の筆で「功業不磨」と記されている＝金沢市石引4丁目

金沢ふるさと偉人館に設けられている日置謙のコーナー。桐生悠々あての手紙などを展示している

## 日置 謙の歩み

| | |
|---|---|
| 1873（明治6）年 | 小学校教師の渡部惟清の長男として金沢に生まれる。 |
| 1894年 | 第四高等中学校一部文科を卒業。<br>石川県尋常師範学校に勤務する。 |
| 1898年 | 熊本陸軍地方幼年学校の助教となる。 |
| 1899年 | 福井県立福井中学校の教諭となる。 |
| 1902年 | 岩手県立福岡中学校の教諭となる。 |
| 1905年 | 石川県立金沢第一中学校の教授となる。 |
| 1921（大正10）年 | 『石川県史』の編纂を嘱託される。 |
| 1926年 | 石川県立金沢第一中学校を退職する。 |
| 1928（昭和3）年 | 侯爵前田家編輯員（へんしゅういん）を委嘱され、『加賀藩史料』の編集に携わる。 |
| 1942年 | 『加能郷土辞彙（じい）』を金沢文化協会から刊行する。 |
| 1946年 | 73歳で死去。 |

であった。

北國新聞は、創刊者である赤羽萬次郎のもと、筆の立つ若者を探していた。その一人である藤岡作太郎は「薄曇月橋物語」を創刊翌年、1894（明治27）年に連載した。日置も赤羽が見いだし、育てた一人だった。

そもそも、日置が郷土史に取り組むきっかけが赤羽だった。病床を訪ねた若き日置に赤羽は、加賀藩の歴史のあれこれを伝えたのである。近年の金沢ふるさと偉人館の調査で浮かび上がった新たな側面である。

金沢市内の自宅書斎に座る日置。背後の書架に並ぶのは1942（昭和17）年に刊行された『加能郷土辞彙』（下）に収録された郷土史に関する人名や地名をしたためたカードである

◆　◆　◆

石川県の郷土史を考える上で忘れてはならないのが、藩政後期の富田景周（1746〜1828年）、幕末から明治にかけて活躍した森田平次（1823〜1908年、号は柿園）、そして日置謙である。三傑とも呼ばれる。富田は『越登賀三州志』、森田は『金沢古蹟志』という代表作を遺したが、日置は富田、森田の仕事を集大成する役を果たした。

## 古びない『加能郷土辞彙』

『加能郷土辞彙』は日置の業績の筆頭に挙げられるだろう。1942（昭和17）年初版の郷土史事典で、郷土史に関する人名や地名が五十音順で並ぶ。後記には「これは素より当初から公刊の意志を以て記録したものではなく、編者自身が郷土の事象に就いて考察を試みる際、検索の便宜の為、座右の書架に備えておいたカードであった」とある。いずれも郷土史研究のとっかか

りとなる知識であり、初版から80年を過ぎた今も古びずに生きている。

『加能郷土辞彙』は『石川県史』5巻、『加賀藩史料』16巻、『加能古文書』の4編とともに日置の四大著書と呼ばれる。日置は架空の物語を紡いで多くの読者を楽しませるよりも、歴史という人々の営みを観察しようとする後世の人々に、望遠鏡のような利器を作ったのである。

## 検索システムのモデルに

東大史料編纂所は2013（平成25）年、日置が編んだ『石川県史』をモデルにして、年表や系譜をパソコンで探し出せる閲覧・検索システムを完成させた。『石川県史』には本文、写真、翻刻史料が含まれ、「系譜」「侍帳」「年表」「索引」といった付録を備えるなど「多様な検索システムを作る上で、標準的な内容を持っている」ことが決め手だった。風雪に耐え続ける日置の仕事の確かさを示す逸話と言えるだろう。

日置は終戦後、金沢入りした進駐軍の将校に、加賀藩に身を寄せたキリシタン大名高山右近の業績などを紹介した。「プロフェッサー・ヘキ」と呼ばれたという

1927（昭和2）年から33年までに日置が刊行した『石川県史』（下段）。戦前の刊行だが、作家の中村彰彦さんは「市町村史の類は出来不出来の差がはっきりしているものだが、『石川県史』は筆者がそれまでに読んだなかで、間違いなく最高水準の内容を誇っていた」と評した

開館30周年特別展

# 「天地人ー木村栄がつなぐ天文学ー」

近世加賀藩の天体観測から現代の最新宇宙工学に至る天文学の歩みを、金沢と水沢の貴重な天文関係資料とともに紹介します。

【会　期】～11/26(日) 9:30～17:00
月曜休館（祝日の場合は翌平日）
・10/30(月) 臨時開館　・10/31(火) 臨時休館

【会　場】金沢ふるさと偉人館

【入場料】一般310円　高校生以下無料

## 講演会「木村栄でつなぐ過去と未来の天文学」

最新の宇宙工学から文学まで、木村栄が与えた影響についてお話いただきます。

【日　時】9/23(土)・(祝) 13:00～15:30
(12:30開場)

【場　所】金沢歌劇座　大集会室
（金沢市下本多町6番丁27番地）

【参加費】一般500円　高校生以下無料

【定　員】250名（電話で受付、先着順）

【講師】

本間 希樹先生（国立天文台 水沢VLBI観測所　所長）
「緯度観測からブラックホールへ
～木村榮から始まる水沢の天文台の過去・現在・未来」

渡部 潤一先生（国立天文台　上席教授）
「木村榮と宮澤賢治
ー同時代の二人が為した天文学と天「文学」ー」

後援：金沢市教育委員会　北國新聞社

金沢ふるさと偉人館 | 金沢市下本多町 6-18-4
TEL.(076)220-2474　FAX.(076)220-2197
https://www.kanazawa-museum.jp/ijin/

いしかわ百万石文化祭2023

いしかわ
百万石
文化祭
2023

第38回国民文化祭
第23回全国障害者芸術・文化祭
いしかわ百万石文化祭2023

鏡花生誕150年
記念特別展

# 再現！番町の家

「番町の家」二階書斎

（室内写真撮影：渡辺義雄）

2023. 10.1 SUN - 11.26 SUN

開館時間：9時30分～17時（入館は16時30分まで）

休館日 火曜日（祝日の場合は翌平日）

泉鏡花記念館 Izumi Kyoka Kinenkan Museum

〒920-0910 石川県金沢市下新町2-3 Tel：076-222-1025 Fax：076-222-1040

観覧料金：一般 310円／65歳以上 210円／高校生以下 無料／団体（20名以上）260円

https://www.kanazawa-museum.jp/kyoka/

150
鏡花生誕150年

主催：文化庁／厚生労働省／石川県／石川県教育委員会／金沢市／金沢市教育委員会／いしかわ百万石文化祭2023実行委員会／いしかわ百万石文化祭2023金沢市実行委員会／泉鏡花記念館／公益財団法人金沢文化振興財団

協力：泉名月遺族／慶應義塾図書館／慶應義塾ミュージアム・コモンズ　特別協力：北國新聞社

泉鏡花記念館▶

いしかわ百万石文化祭2023

第38回国民文化祭　第23回全国障害者芸術・文化祭
いしかわ百万石文化祭2023
地域文化発信事業
白山ミュージアムサーキット　千代女の里俳句館　企画展

# 西のぼるが描く　美のかたち

令和5年　10月7日(土)～11月26日(日)

西のぼる「飛翔」

白山市在住の画家 西のぼる氏の感性と美意識のもとで描き出された、加賀の千代女に因む作品や俳画、さらには、西氏が近年手掛けた作品を展示します。

【開館時間】 9時～17時（展示室入室は16時30分まで）
【休館日】 月曜日（祝日の場合は翌平日）
【観覧料】 一般400円、高校生200円、中学生以下無料
※白山市立博物館、松任中川一政記念美術館、千代女の里俳句館の3館共通入館券となります。

【主催】 文化庁、厚生労働省、石川県、石川県教育委員会、白山市、白山市教育委員会、いしかわ百万石文化祭2023実行委員会、いしかわ百万石文化祭2023白山市実行委員会

●関連事業
【対談】 西のぼる×中川雅雪（石川県俳文学協会会長、「風港」主宰）
【日時】 10月21日(土)　13時30分～15時
【会場】 千代女の里俳句館　研修室
【参加費】 無料
【定員】 60名（事前申込要・先着順）
※当館へ直接お電話でお申し込みください。
9月16日(土)よりお申し込みを受け付けます。

## 千代女の里俳句館

〒924-0885　石川県白山市殿町310番地
TEL：076-276-0819
公式HP：https://www.hakusan-museum.jp/chiyojohaiku/
アクセス　JR松任駅下車　南口より徒歩1分
北陸鉄道バス「松任」バス停下車　徒歩1分
北陸自動車道白山ICより約10分
（松任駅南立体駐車場3時間無料）

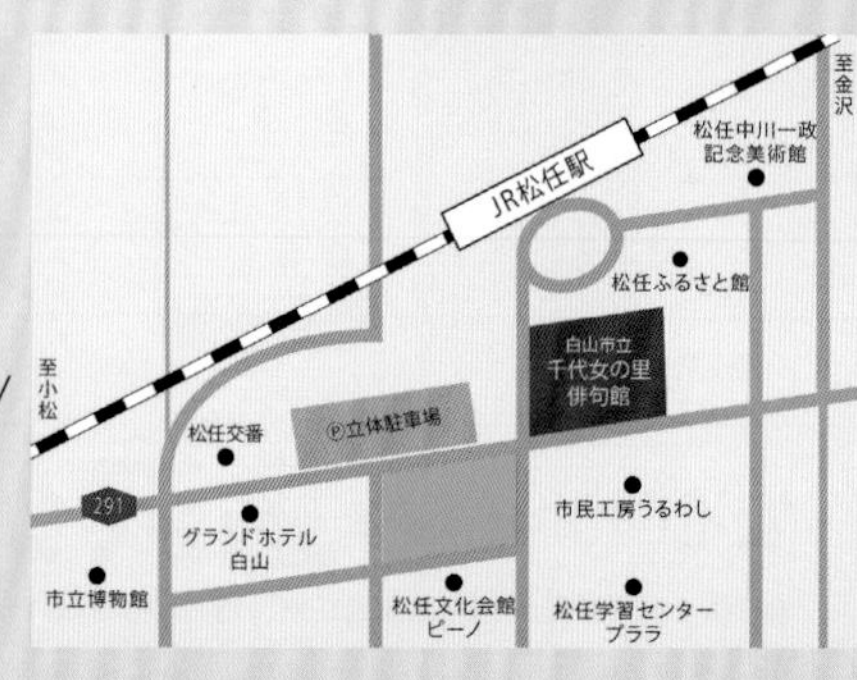

連載

# 小説千代女⑯

子母澤（しもざわ） 類（るい）

第2部

挿絵 児島新太郎

# 「小説千代女」主な登場人物

## 千代（ちよ）

1703（元禄16）〜75（安永4）

松任の表具屋の娘として生まれ、家業を継ぎ、52歳で剃髪（ていはつ）。73歳で亡くなるまで、幼いころから才を見せた俳諧の道に精進した。17歳のときに会った芭蕉の高弟各務支考（かがみしこう）が「松任の美しい才女」として紹介したことから、各地の俳人が訪ねてくる人気者となる。

## お貞（てい）（真如院（しんにょいん））

1707（宝永4）〜49（寛延2）

江戸の芝神明宮の宮司の娘。加賀藩6代藩主の前田吉徳（よしのり）の側室の一人として迎えられる。吉徳の間に2男3女をもうけるが、吉徳が1745（延享2）年に亡くなると出家して真如院（しんにょいん）となる。吉徳死後の混乱で、後継者を巡る争いの中、毒殺未遂事件が発生。大槻伝蔵と共謀したとされ、密通も疑われた。1749（寛延2）年に死去。殺害されたとも自殺したとも伝わる。

## 大槻伝蔵（おおつきでんぞう）（朝元（ともとも））

1703（元禄16）〜48（寛延元）

千代女と同じ年に生まれた、才覚を頼りに異例の出世を遂げたエリート経済官僚。13歳で御居間坊主として加賀藩6代藩主前田吉徳に仕え、大胆な財政改革を提案して27年間に20回昇進、上級武士となる。前田土佐守家5代当主前田直躬（なおみ）ら門閥重臣と対立し、五箇山へ流され46歳で自害。政敵との対立は「加賀騒動」として語り継がれ、歌舞伎や浄瑠璃の題材となる。

### 前回のあらすじ

鶴来の金劔宮（きんけんぐう）で目にした幻から、大槻伝蔵に待ち受ける恐るべき未来を予感した千代。噂として伝わってくる伝蔵の出世話に不安は募るばかりだった。千代の脳裏からは若い女性の声が離れない。「あたし、千代さんに伝えたいの。そのために、もう一度、夢の中で昔を生きて」。気づけば、そこは江戸。火事が起きていた。

●「小説千代女」は江戸時代に実在した人物から発想した小説です。主な参考図書は大河寥々氏『千代尼傳』、中本恕堂氏『加賀の千代全集』『加賀の千代真蹟集』『加賀の千代研究』のほか次の各氏・団体の著書、出版物です。桂井未翁、山根公、綿抜豊昭、あらうみ、聖興寺、白山市立千代女の里俳句館、山中温泉芭蕉の館、雪垣、本多柳芳、藏角利幸、殿田良作、中島道子、中野塔雨、木越隆三

# 加賀の千代女　産着

野町広小路を過ぎると、犀川にかかる大橋が見えてくる。

橋番小屋の手前にあるお神明さんの境内に、人が群れていた。皿回しをする大道芸人がいて、見物人がとり巻いているのだった。

千代は境内に足を踏み入れた。人垣をさけてお堂に行き、賽銭(さいせん)を投げ入れて手を合わせた。

「何事もなく、平穏な日々が続きますように」

さほど大きくもない境内に、欅(けやき)の巨木が空を覆うように新緑の枝を広げている。その木のまわりを、子供たちが追いかけっこをして駆け回っていた。千代は厄除(やくよ)けのあぶり餅を買って、ふと、ここも神明宮だと気づいた。

今朝方の夢に出てきたのが、お江戸の芝神明宮だった。

火事を知らせる半鐘(はんしょう)の音が、眠りたい千代を、夢などもう見たくない千代を、またしてもつかまえにきた。夢見のあいだに時空を越え、虚空に投げ出されたような感覚だった。

お江戸の神明宮は、広大な敷地で、境内は奥まで見通せないほどだった。そこに、火事から避難してきた人たちがひしめき、騒然としていた。

そこにあらわれたお貞だけが、いきいきとして鮮やかだった。

藩主のお手つきとなり、子を産んで御腹さまとなったことで、ひと皮むけたように美しくなっていた。選ばれたるものの自信と恍惚に輝くようだった。

その輝きを甘い蜜にして、伝蔵を誘いこんでゆく。

夢のさめぎわに、伝蔵と話しているのが俳人の千代と知って、お貞は割って入ってきた。

「どなた」

つややかな頬を上気させ、黒い瞳をきらめかせて千代に笑顔を向けた。

「俳人の千代さんね。お会いできるなんて」

夢の中とはいえ、そんなお貞の華やいだ風情に、千代は引け目を感じたのだった。

女としての引け目は、若さではなかった。お貞は二十七歳なので、それほど若いわけではない。

お貞は欲しいものは欲しいと、天真爛漫に手を伸ばす強さがあった。

それは、千代が持たない種類の強さだった。

あからさまに、何のてらいもなく、心のままに自分の意志を口にする。はっきりしているだけに、かえって千代にはそら恐ろしく思えた。

奥勤めの身になれば、下働きであってもいつかは上様の御目に留まり、子を産んで出世したい、という野心は、持って当然のことかもしれない。

しかし、そうたやすいことではないだろう。

藩主、吉徳さまの正室はすでに亡くなっている。

側室は多数いた。御腹さまもいる。

どうやら艶福家のようで、他に御寵愛の女性も大勢いるのである。

大名屋敷の奥という女ばかりの特殊な世界である。

藩主の御次男を産んだお民は、亡くなってしまったが、お民の姉であるお貞は、その他大勢の奥女中の中から、上様に見初められるほど、格別な存在だったということだろうか。

上様のお召しがあっても、御子を産まなければ、奥での立場は御腹さまよりも位が低く、肩身がせまい。

奥での出世において、一世一代の念願は、御子を上げることである。産むのなら、姫よりも御男子である。御男子が御誕生すれば、奥向きの羨望の的になる。

お貞が産んだのは総姫だった。

とはいえ、堂々と御腹さまになった。奥の座敷を与えられ、名前もお貞さまと、敬称で呼ばれる立場に上ったのだった。

お貞は自分でつかみ取った運と身分を輝きに変えて、ひときわ自らの魅力を増したようだった。

伝蔵を見送る時、お貞は人目もはばからず、男の耳もとに唇を寄せた。

「また、お屋敷で、殿とお目にかかりましょうね」

優しい面差しをしているが、口もとに挑発するような笑みを浮かべたのを、千代は見逃さなかった。

「拙者はこれにて失礼いたします」

伝蔵はそしらぬ顔で、お貞と千代、どちらにも目を合わせることなく去っていく。

伝蔵の後ろ姿を、お貞は射るような光る目でじっと見送っていた。

そこで千代は夢から覚めた。

目を開けると、松任の家の見慣れた天井があった。

首すじがじっとりと汗ばんでいる。お貞の姿が幻視と気づくまで、しばらく時が必要だった。

「また、おかしな夢を……」

夢とはいえ、お貞の大胆なふるまいを見たことで、心がかき乱されていた。何度もお貞を夢に見るということは、何か大きな意味を持っているのかもしれない。いずれ伝蔵の行く末に関わりを持つことになる女だからではないだろうか。

この時にお貞が誘惑しようとした伝蔵の身分は、御近習御用（ごきんしゅうごよう）※だった。五月に六百八十石を与えられた時で、三十一歳。最初の妻が、病の床についている時である。

それにしても、胸にひたひたと押し寄せてくるのは、伝蔵への気がかりとは少し違っている。

熱い血が煮えくりかえるような、怒りにも似た感情だった。その醜いものは、千代をいらつかせた。

※藩主の側仕えをする役職。

明らかに、お貞への嫉妬だった。

もう四十に手が届きそうな年になって、夢見の中でさえ、まだ女の情念に苦しめられている。

千代はお貞の面影をふり払うように、いそぎ足で北國街道へ出て大橋を渡った。

橋のたもとでは、手ぬぐいをかぶった婆さんが瓜(うり)を並べて座っている。

街道筋は馬に荷をかつがせた野菜売りや、小坊主を供にした僧侶、魚を入れた駕籠(かご)を天秤棒(てんびんぼう)にかついだ棒手振りや二本差しの武士と、さまざまな人々が行きかっていた。

橋の中ほどに進むと、片町の町筋が見渡せる。

間口の大きい店や、二階建ての立派な構えの大店(おおだな)もある。千代は蕎麦屋(そばや)を営む坂尻屋の藍色ののれんをくぐった。

「こんにちは。おかみさんは?」

「それが、お店には出ていないんです」

前垂れをつけた奉公人の娘は、千代に小さな声でいった。

「お出かけ?」

「いえ、そうではないのです」

娘はうつむいたまま言う。何やら、わけありげな様子である。

「何かあったの」

「ちょっと、具合がお悪いようで」

「珈涼(かりょう)さんが？」

千代は驚いて立ちすくんだ。珈涼とはしばらく会っていなかった。

父の六兵衛が亡くなってからというもの、福増屋では長年の得意先をいくつも失った。

弟の幸助は父ほどの信用もなく、まだ半人前と見られていたので、千代はさまざまな面から幸助を支えなければならなくなった。

句を作る思索の時間などなかった。

句会も断り、金沢城下へ出ることも控えて、家業に専念する日々を送っていた。父の代で福増屋を畳むわけにはいかなかった。

幸助の精進もあって、信用もできつつあった。少しずつ仕事が入るようになり、ほっと息をついたところである。

夢で見た享保十八年（１７３３年）は過ぎたこととはいえ、御腹さまとなったお貞の大胆きわまりないふるまいを見せられて、胸がふさいでどうしようもなく、珈涼と句の話でもすれば気もまぎれるだろうと、思い立って金沢へ出てきたのだった。

「臥せってるの？」

千代は眉をひそめてそっと聞いた。

「ええ、このところ、お部屋にこもっておいでです」

「ちっとも知らなかった」

千代はひとつ、吐息をもらした。

「顔だけでも見たいの。ひと目だけでも会えるといいけど」

「聞いてきます」

そういって店の奥へ引っ込んだが、すぐに出てきていった。

「部屋にお連れしてといわれましたから、どうぞ」

娘のあとに続いて坂尻屋の薄暗い廊下を歩きながら、千代は珈涼との旅を思い起こしていた。

三年前、元文三年の秋だった。珈涼に同行して京へ上ったのである。

珈涼は町育ちで、大店のお嬢さんでありながら、千代に負けないほどの健脚で、長旅でも疲れを見せなかった。

「主人は見かけによらず、しょっちゅう風邪を引くんだけど、私は病気ひとつしたことないのよ。根っから丈夫なの」

そういって、宿で千代の足を揉みほぐしてくれた時の笑顔を思い浮かべた。

秋の日のたらぬ名残や草の花　　珈凉

暑き日や指もさされぬ紅畠　　千代

その旅の途中、珈凉と千代が詠んだ句である。千代の句と並んで、珈凉の手でこの句をしたためた手ぬぐいを、千代は大切に持っている。

いつも朗らかで元気のいい珈凉が臥せっているとは、どうしたことだろう。よほど悪いのだろうか。

不安を胸にふすまを開けると、床の間を背にした珈凉が、布団の上に起き上がっていた。

「お千代ちゃん、よく来てくれたわね」

思いのほか、明るい声だった。

ふっくらしていた頬は少し削げているようだが、いつもの温かな笑顔で迎えてくれたことに、ひとまず胸をなでおろした。

「起きていいの？　無理しないでくださいね」

「大丈夫よ」

珈涼はやさしい笑みで千代をなつかしそうに見た。

「会えて、嬉(うれ)しいわ」

「具合はいかが？」

「心配してもらうほどのことじゃないのよ」

首をかたむけて、おくれ毛を撫(な)で上げながらいう。その仕草が妙に色香があった。もともと色白の肌が、いっそう透明感を増したように見える。

「元気そうだけど、珈涼さんが寝込むんだから、よほどのことだわ」

「本当に、たいしたことないの」

「つらかったら、遠慮しないで横になって。顔見て安心したから、すぐにおいとまします」

「だめよ。来たばかりじゃないの。しばらくいてちょうだい」

「ではお聞きしますけど、どこがお悪いのですか」

「わたし、じっとしていられないタチで、日頃から飛び回ってるでしょ。お転婆(てんば)が過ぎて、それで何度もしくじってるのよ」

珈涼は小さく肩をすくめて微笑んだ。

「転んで、骨でも折ったとか？」

「ケガでも、病気でもないの」

「……」

「実はね」

そういって、膝に置いた手を握りしめた。

口ごもるのは、何か言いづらい理由があるのだろうと思った。千代は静かに珈涼の顔を見つめた。

「この年で、気恥ずかしいんだけど」

珈涼は頬をそめ、目を伏せた。

「授かったのよ」

「授かったって……まさか」

「赤ん坊……」

千代は驚きのあまり、しばらく口がきけなかった。

珈涼は美しくて若々しいが、けっして若いわけではない。千代よりも年上である。

頬が痩せ、少しやつれて目が大きくなって見えるが、妊娠は本当だろうか、と視線はつい、珈凉の顔から帯の下あたりへと流れていく。腹部あたりは丸みを帯びている。だが、そもそも珈凉は肉付きのいい方だった。

「驚いた？」

「ええ」

千代は正直にうなずいた。

「珈凉さんは、たしか私より七つほど上だったはず……」

「はい。当年取って、めでたく四十五歳になりました」

珈凉はおどけた口調でいい、目を細めて笑った。

「この家に嫁入って、二十五年もの間、子宝に恵まれなかったのに、今さらどうしたのってこっちが聞きたいくらいよ」

「本当におなかにいるのね。それこそおめでたいこと」

「年増も年増。いい年して、恥ずかしいったらありゃしない」

珈凉は娘のように両手で頬を押さえた。

「ご主人の五々（ごご）さん、喜んでおいででしょう」

「喜ぶのは早いわ。無事に産まれてくれるかどうか」

「初産だから、心して、大事をとってくださいね」

「初めてといっても、前にも授かったことはあるのよ」

珈涼は低い声でいい、窓の外へ顔を向けた。

開け放した窓から庭が見える。五々が風流人だけに、緑の苔を乗せた石灯籠がある簡素な茶庭である。

窓ぎわの葉がわずかに風にゆれて、夏椿が一輪、白いつぼみをつけているのが見えた。

「どうやら私のおなかは居心地が悪いらしく、居着いてもらえなくてね。いつも早いうちに流れてしまうの」

「……」

「三年、子なきは去れと言うでしょ。坂尻屋の跡取りを産めない嫁など、いつ離縁されても文句はいえない。ずいぶん気に病んだわ」

夫の五々が、外に妾を置いていたこともあったという。珈涼は気づいていながら、いやみを言うほどの意気地もなく、笑顔で夫を送り出していた、と静かに微笑んだ。

優雅に暮らしている大店の奥様で、俳人の夫と仲良く発句を楽しむ珈涼を見

ると、千代は羨望を感じたものだった。

いつも屈託のない珈涼が、人に言えない苦悩をひそかに抱えていたのだと、千代は知った。

「今度こそ産みたい。そのために出歩かず、家でじっとしてるの」

「出たがりの珈涼さんがね」

「ほんと、つまらないったらありゃしない」

珈涼はそっと腹部をさすりながら、幸せそうにつぶやいた。

「だからおまえも逃げ出したりせずに、十月十日（とつきとおか）を我慢して過ごしておくれ。坂尻屋の大切な跡取りなんだから」

産み月は、年明けになりそうだという。

「まだ世間には内緒（ないしょ）。年も年だし、何といってもこの子が無事に産まれてくれるか、わからないんだから」

さきほど案内してくれた娘が、お茶と菓子を運んできた。

「そうそう、お神明さんのあぶり餅を買ってきたんです。厄除けの御利益にあずかりましょう」

「食が進まなくて難儀してたの。あぶり餅なら食べられるかしら」

珈涼はひと串を前に、「安産でありますように」と拝んでから口にした。春の日射しのように柔らかな表情だった。

すずしさや　ひとつ風にも居所(いるところ)

久しぶりに珈涼と会って、千代は鬱屈(うっくつ)した気持ちが晴れたのを感じた。珈涼の明るい笑顔は、千代の心配や悩みなど、人生においてはほんの些細(ささい)なことと感じさせるおおらかさがあった。

それにしても、四十五歳での妊娠は、青天(せいてん)の霹靂(へきれき)ともいえる吉報だった。十二歳の千代が、珈涼の実家である喜多村屋に奉公していた時から、惜しみなく句のいろはを教えてくれた珈涼である。

あふれるほど発句の才能があるにもかかわらず、坂尻屋のおかみとして一歩しりぞき、千代の後ろ盾となってくれている。

常に千代を立てて、句会に招き、文人墨客を紹介し、京への旅など金銭的にもさまざまな援助を受けている。

尊敬と敬愛を捧(ささ)げる俳友であり、生涯の恩人だった。

その珈涼のおめでたは、高齢出産になるため、身体に負担がかかるのでは、と案じられる。命懸けで産む覚悟が必要だろうと思った。

帰りにもういちどお神明さんに寄って、珈涼の安産を祈願した。

「無事に、坂尻屋の坊ちゃんが産まれますように」

安産を願いながら、赤子の産着を縫おうと千代は思った。

日帰りの旅だった。

松任へと戻る北國街道は、有松(ありまつ)まで来ると人家もまばらになって、竹やぶがあったり、広い田畑を目にしたりするようになる。

松並木の間を、西にかたむいた陽(ひ)が照りつけていた。ななめの日射しは、頬に痛いほどだった。

民家の庭先で、竹ざおに干した洗濯物を取り込んでいる若い女がいた。背中に子を負(お)ぶっている。

竹ざおには赤ん坊のおしめが、旗を並べたようにひらめいている。

女はその一枚を手にすると、そっと頬におし当てた。乾いているかどうかを、肌で確かめているのだった。

赤ん坊を持つ母親のやさしい仕草だった。泣き出した赤ん坊を背中でゆすり上げながら、洗濯物を取り込んで家に入っていった。

千代はその様子を見て、ふいに虚しさが胸にせき上がるのを感じた。

どうして自分に子がいないのだろうと思う。

千代が金沢大衆免大組の福岡弥八のもとへ嫁いだのは、十八の年のことだった。二年足らずで死に別れた。子には恵まれなかった。

そして、あの人との間にも……。

伝蔵と、亡き夫の墓参りで出会い、それから幾度かの逢瀬があった。

魂をゆさぶるほど愛おしく思う男に抱かれた夜々、その都度、命の有りたけを賭けて、陶酔へと昇華させた。

千代は、充分に若かった。

花でいえば成熟し、らんまんと咲き誇る時期であったにもかかわらず、千代が伝蔵の子を宿すことはなかった。

女として生まれたからには、できるなら子を産みたかったと、しみじみ思う。

しかし実家に出戻った未亡人が、夫を持たないまま、子を孕むようなことになれば、口さがない世間は、千代を身持ちの悪い女と決めつけるに違いなかった。

「女の俳人というが、家をあけることもあるとな。旅先で何をしとるか、わかったもんじゃねえ」

「おお、福増屋じゃ、旅の男がよう訪ねてくる。泊めてやることもあるそうや」

ひとり身の女に、世の中の目は冷たく厳しい。まして女の身で賢いと評判が立てば立つほど、生きづらくなった。

少しはお貞のように……。

堂々と自分のやりたいようにやる気概と覚悟があれば、近所や親戚が何を言おうと、動じることもないのだろう、と千代は思う。

女は嫁にいき、子を産み育て、家を代々継続させることが大切な役割というのは、当然だった。

子を産んで、女はようやく一人前になる、と母はよくいっていた。

千代と同年代の女たちは、嫁にいき、何人も子を産み、舅(しゅうと)や姑(しゅうとめ)につかえている。

「おっかさんも、私に再婚しろというの」

「千代のことをいうとるんじゃないよ。おまえには句がある。やりたいことを存分におやり」

千代に理解を示す母だったから、遠慮なく、のびのびとした気持ちで句作に励んだ。

今振り返れば、千代を慈しみ、励ましてくれた両親がいてくれてこそのわがままだったように思えた。

しかし父と母が相次いで他界してから、本当の寂しさを知った。孤独の身を寒々しく感じるようになった。

縁談はいくつもあったのに、良き妻、良き母となることから背を向けて、発句に没頭していた日々は、もしかしたら間違いだったのではないか。

そんな思いが芽生えていた。

それから句を作る情熱が薄らいでしまった。

弟と、福増屋を支えるために、というのは嘘ではなかったが、その心の奥でこれまで俳句ひとすじに打ち込んできた人生への疑問を感じたからだった。

もしや、褒められて、他国の句集にも掲載されるようになって、いい気になっていただけではと思う。

句を詠むことが、女の幸せという道を捨ててまで打ち込む価値のあるものだ

ろうか。

句会を断るのも、珈涼としばらく会わなかったのも、千代の揺れ動く心のあらわれだったのである。

伝蔵のことを案じる前から、千代はとうに日々に疲れ果て、空虚に沈んでいたのだった。

心配はまだ消えない。以前のように、句に没頭できる時が来るのか、千代にはまだわからなかった。

けれども、珈涼のおめでたは、千代の心に小さな希望を灯したようだった。

「珈涼さん、私ができなかったことを託します。必ず母親になってね」

しだいに濃くなっていく夕暮れの光が、街道を包んでゆく。千代は松任の自宅までの道を、ひたすら歩くしかなかった。

御殿女中から御腹さまになったお貞が、たびたび千代の夢にあらわれるようになった。

なぜ伝蔵ではなく、お貞ばかりが夢見に出てくるのか、千代はふしぎでならなかった。やはり、伝蔵と深いつながりがあるからではないか、それは男と女の色恋のようなものだろうか。

千代が見るのは過去の出来事ばかりである。

もし伝蔵と、藩主の側室となって御子まで産んだお腹さまと、心を通わせることがあるとすれば、恐ろしいことだった。

それが表沙汰になれば、伝蔵は出世街道から転がり落ちてゆく。

元文五年の現在、伝蔵は御馬廻組頭並となって、千七百八十石の禄を賜っている。

千代の胸騒ぎは、やまないままだった。

そのため、ときおり襲ってくる幻影に、お貞の姿があらわれることが、何かの知らせと思わざるを得ない。

次に見たのは、お貞の奥御殿での様子だった。

「お貞さま、金沢から菓子が届きました」

お付きの女中、浅尾が、お貞の部屋に菓子箱を持ってきた。野に遊ぶ蝶が螺鈿でほどこされた、蒔絵の美しい手箱である。

ふたをあけると、愛らしい形の干菓子がとりどり並んでいる。

「なんと可愛らしいこと。加賀の菓子は品があるわね」

お貞はしばらく眺めて、そっとふたを閉じた。

「これを、預玄院さまに、贈り物としてさし上げて下さいな」

預玄院は、吉徳公の生母である。

五代藩主綱紀公の側室で、名はおまちさま、綱紀の死後から、法名で預玄院と呼ばれるようになった。

お貞の産んだ総姫の祖母にあたる。総姫の名付け親でもあった。

「はい。何と申しましょう」

「汗ばむ陽気になりましたが、お健やかにお過ごし下さいますように、と」

「かしこまりました」

奥御殿をまとめているのが預玄院だった。

面倒見がよく、吉徳の側室が産んだ孫たちを気にかけ、よく可愛がっている。

お貞の妹、お民の死後に残された幼い亀治郎（かめじろう）さまを、預玄院が手元に置いて育てているのだった。

吉徳の側室たちとも、仲がいい。

藩主の次女、総姫を産んだお貞は、さらなる出世を強く願っていた。

つぎは御男子を上げることである。

現在、六代目藩主、吉徳公には、総姫の他に、男子が二人、姫がひとりいる。

正室は、尾張徳川綱誠（つなのぶ）の娘で、将軍綱吉の養女である松である。二十三歳という若さで逝去したので、嫡室のお子はいなかった。

吉徳公のご長男を産んだのは、以与（いよ）さまで、勝丸さまとともに金沢城に住んでいる。

もとは本郷屋敷に仕える若年寄女中で、松尾（まつお）という名だった。この松尾に、殿のお手がついた。

その後、江戸から金沢へ移り住み、享保十年に金沢で勝丸さまを産んだので

ある。

領国で御子が産まれることを「国ばら」という。

吉徳公の次男が、お貞の妹、お民の産んだ亀治郎さまである。江戸藩邸で産まれたので「江戸ばら」である。

お民は三男になる男子を死産して、亡くなった。

御腹さまだった民の縁から、女中のお貞が殿の御目に留まり、側室となることができたのである。

お貞が次に男子を産むとなると、藩主の三男ということになる。

預玄院の部屋から戻った女中の浅尾が、お貞に気になる話を持ち込んだ。

「今ほど、預玄院さまからお聞きしたのですが、殿にもうひとり、新しい御腹さまがいらっしゃるそうです」

お貞は眉をひそめた。

「初耳です。どんな方なの?」

「縫(ぬい)さまとおっしゃる方です。先日、殿のお供をして金沢へ行かれましたが、そこでご懐妊されたようです」

上様がお貞のもとに足しげく通って下さるから、自分は奥でも他の側室より、格別の厚い御寵愛を受けていると思い込んでいた。

それが、お国に連れ帰る女性がいたと知って、お貞は目の前が暗くなった。

胸の中が嫉けるようだった。気分が悪くなり、青ざめて体を二つに折って小さくうめいた。

「お貞さま、いかがされました」

浅尾がすぐさま医師を呼ぶように指図し、お貞を夜具に横たえた。

体調の急変は、嫉妬の業苦がもたらした病ではなかった。

三男の御子をどうしても産みたいと切望するお貞に、ふたたび妊娠の兆候があらわれたのだった。

二度目の懐妊である。

目の前にたち込めた黒い雲がやにわに流れ去り、清らかな光に包まれるのを、お貞は感じていた。

子母澤類（しもざわ・るい）
加賀市生まれ、金沢市で育つ。現在、北國新聞、富山新聞でエッセー「子母澤類と巡る文学散歩道」を執筆中。著書に『金沢　橋ものがたり』（時鐘舎）、『北陸悲恋伝説の地を行く』（北國新聞社）などがある。日本文藝家協会員。

この物語は、実在した人物から着想を得た小説です。

「小説千代女」ゆかりを訪ねて

第13回

# 真如院の息子まつる出世地蔵尊
# 血の呪縛に翻弄、今は「一等地」に

金沢市小立野4丁目の曹洞宗天徳院の山門そばに、小さなお地蔵さんがまつられています。早世した真如院（お貞）の2人の息子をしのぶ「出世地蔵尊」です。真如院の息子の面影を求めて、「小説千代女」を執筆する子母澤類さん、挿絵を担当する児島新太郎さんが訪ねました。

真如院は、加賀藩6代藩主前田吉徳との間に、2人の男の子をもうけました。兄が利和、弟が八十五郎です。ところが真如院は、「加賀騒動」で毒殺未遂事件の黒幕とされ、大槻伝蔵との密通まで疑われて死去。遺された利和、八十五郎も、江戸から金沢に移されて幽閉され、そのまま20代で世を去りました。

天徳院によると、利和と八十五郎の墓は前田家代々の墓と離れた場所にあったそうです。2人の墓と天徳院の中間にいつしか地蔵尊が建立され、土地の人々が不遇のうちに亡くなった2人の菩提を弔ってきました。今も供花が絶えません。お堂の中には千羽鶴も掛けられていました。

「ここ見てくださいよ」。お堂の横に掛けられていた由来を読んで子母澤さんが声を上げました。「真如院お貞の方は、加賀騒動により無実のまま幽閉のうちに没しました」とあります。「やっぱり、多くの人々が加賀騒動を『無実』だと信じていたんでしょうね」と子母澤さんは語ります。

利和、八十五郎は、前田家にとって都合の悪い存在でした。なにしろ母は藩政転覆を企む悪者中の悪者です。八十五郎は重臣の村井家への養子入りが決まっていたのですが、騒動で解消されました。果たして、前田家の人間として扱っていいのかどうか。DNA型鑑定などない時代です。幽閉、早世という言葉からは、人々を戸惑わせた血の呪縛（じゅばく）が浮かんできます。

真如院の2人の息子をまつる「出世地蔵尊」に見入る子母澤さん（中央）と児島さん（右）＝7月6日、金沢市小立野4丁目の天徳院

無念の2人はなぜ「出世地蔵尊」になったのでしょうか。天徳院によると、昭和に入って境内の飛び地にあった2人の墓は道路建設で改葬されることになりました。これを受け地蔵尊は山門と向き合う場所に移されました。ひっそりとした場所から、かつては惣門（そうもん）があった天徳院の玄関という「一等地」へと出世し、さらに多くの信仰を集めることになったのです。

「地蔵尊の上半身は少し崩れた感じですね。下の方はしっかりとしていますが」と児島さん。確かにお顔は、風雪にさらされたように、のっぺりとしています。聞けば、御利益を願う人々が触れ続けた結果だそうです。

「独特のお姿ですね。悲しさやむなしさをたたえているようで…」と子母澤さん。騒動のとばっちりを受けた人生、そして地元住民による篤い信仰。歴史の有為転変に思いをはせ、静かに手を合わせました。

小説

# 恋なんて、するわけがない

## 第19話　どうして「河童」？

水橋　文美江

これまでのあらすじ

東京の映画専門学校に入学し、出身地、年齢もバラバラの仲間たちと短編映画を制作することになった春子。ロケの前夜祭としてみんなで居酒屋へ。話についていけず押し黙るしかなかった映画論議の末、春子に見えてきたのは仲間同士の恋模様だった。いよいよロケ開始のカチンコが鳴らされる。

朝、目覚めると一瞬どこにいるのかわからなかった。春子はベッドから身を起こし、ゆっくりと朝日の差し込む部屋を見回した。テレビの配置や椅子とソファ、壁に飾られた絵画、窓の向こうのビル群、その景色が、ここは金沢ではなく、東京のホテルの一室であることを実感させた。そうだ、自分は東京に来ている。今日はついに短編映画の撮影だ。のんびりしてはいられない。気を引き締め、やるべきことを頭に描きながら、急いで出かける準備をした。

何を着ていくかは決めてある。動きやすい服装という指示があったからだ。下はジーンズに上はカジュアルな黒いブラウス。足元は快適なスニーカーで、長時間の撮影でも疲れにくいようにと心がけた。さらに髪もシンプルにまとめ、メイクも軽めに仕上げ、ドア前の姿見で最終チェック。年齢に心が負けないよう、背筋をしゃんとし、胸を張る。よし、行くぞ。娘の亜紀に借りた茶色のショルダーバッグを肩にかけ、ロビーで桃ちゃんと合流、一緒に五反田のスタジオへと向かった。

今回の課題、全受講生はそれぞれの班（班員は各10名）に分かれ、10分ほどの短編映画『赤い白い日傘』を2日間で撮る。撮影シーンは全部で10シーンあり、班員10名が1シーンずつ、監督をすることになっている。1日目の今日は五反田のスタジオで簡易セットを組んでのスタジオ撮り。2日目の明日はロケで品川の埠頭公園だ。あぁ緊張してきた、と春子より先に桃ちゃんが身震いし、深呼吸をした。桃ちゃんが監督をするのは今日で、しかもトップバッターなのだ。

「ジャンケンで負けたとはいえ、一番最初に撮るなんてさすがに緊張してきた。ハルハルは落ち着いてるね。ベテランだから余裕があるんだね」

「私がベテラン？　何言うとるん。そりゃあ桃ちゃんよりずっと年上やし、人生においてはベテランかもしれんけど、撮影に関してはまったくの素人やさかいィ」

さかいィ、と桃ちゃんが語尾を真似て、春子は自分が金沢弁で話していたことに気づいた。

「あっごめんごめん、金沢弁で」

「謝ることないよ。こっちこそごめん。からかったわけじゃないんだよ。なんか可愛いなぁと思って」

「いやん、私が？」

「違う、金沢弁が」桃ちゃんは笑った。それから小首を傾げ、アレはなんなのと聞いた。

「アレって？」

「夕べ帰る時に河童って言ってた」

「意味がわからないんだけど」

「やだ、居酒屋を出たところでハルハルが安藤くんに言ってたの、聞こえたんだよね。そんな河童にならんといてェとかなんとか。なんでここで河童が出てくるんだろうって不思議だった」

「安藤くん……河童……？」春子は顔をしかめた。安藤くんといえば、講師の伏見先生が放った言葉、『カチンコを制するものは女優を制す』を胸に秘め、カチンコをいかにカッコよく鳴らすかに賭けると意気込んでいた。どうやら春子の目の前にいる桃ちゃんを制すために、だ。ようするに安藤くんは桃ちゃんを狙っている。が、桃ちゃんの心はすでに木梨くんに持っていかれている。もちろん安藤くんはまだ気づいていない。春子は一人相撲をとろうとしている安藤くんを案じ、確かに声をかけた。しかしそれが河童？

「もしかしてハルハルは夕べけっこう酔ってたのかな、覚えてないくらいに？」

「いやあ、酔ってないない」春子はぶるぶると頭を振った。最後までしっかりしていた。とはいえ、河童なんて言った記憶がない。

「じゃあ、〝だらぶち〟は」

「あっそれはわかる。覚えてる」

「安藤くんを見送って、そう言ってたよね。私たち聞こえちゃったんだよ」

「私たちって」

「私と木梨くん。金沢弁かなあって顔見合わせて、その場でググッたの。木梨くんが検索したんだよ」

「えっそうなん、知らんかった」

「〝バカ〟って意味でしょ」

「ぐ……」言葉に詰まった。そう、カチンコを掲げ、明日見てろよーとばかりに得意気な顔をして帰ってゆく安藤くんの背中に〝だらぶち〟と春子は呟いたのだが。

「あの、なんていうか、私の言った〝だらぶち〟

は愛情あっての〝あぁもうバカだねえ〟っていう感じのヤツで、決して本気で罵ったんじゃないがや」

「がや」

「あ、うん。ちょっとね、先行きを心配して思わずポロッとね」

「先行きって今日の撮影のことね」

じゃなくて、と言いかけたのを飲み込み、うんうんと頷いてみせた。恋の行方だとは言えっこない。しかしなんでこうも金沢弁が出てしまうのか。桃ちゃんをはじめ、皆に対してすっかり気心知れたということか。あるいは単におばさんだからか。どちらにしても安藤くんのことはもう触れずにいよう。封印だ。

五反田のスタジオに着くと、しかしすでに笑顔満開の安藤くんが待ち構えており、封印はすぐに解除された。お早う桃ちゃん、とカチンコを掲げ、カチンと鳴らし、カチンコと一体化して出迎える安藤くん。(なんだこのカチンコ男は)と春子の顔はひきつった。お早う、と桃ちゃんはニコニコと応じている。「ハルハルもお早う」

「お早う……」

「俺今日頑張る」

「うん、わかっとるけど……」

「心強いんだよ、ハルハルが応援してくれると。ハルハルを俺の応援団長に任命するワ」

「やっそんな、そんなこと言われても」

なになに、と桃ちゃんが真ん丸の目をこちらに向けたので、春子は「あっ、いやまぁ、今日の撮影を一生懸命頑張りますって……」と濁した。

「そっ、一生懸命やりまぁーす!」

「声、でかっ」

「はぁーい!」

「だから声でかいってば、もう一段階ボリューム下げて」

「ハハハハハ、はぁーい!」

「もぉー安藤ォー」

「安藤ォー」桃ちゃんも頬をゆるませ、安藤を呼び捨てにした。安藤、ますます「はぁーい！」を繰り返した。

スタジオの隅では黒縁メガネの最年少、光山くんが何やら思案顔でシナリオを広げ、鉛筆で書き込みをしている。セットで使う予定のテーブルの上には誰が買って来たのか、コンビニのおにぎりが置いてある。

木梨くんと殿谷くんが照明機材を組み立て始めた。手伝うよ、と桃ちゃんが駆け寄ると、俺も俺もとカチンコ男、安藤も駆け寄った。お早うございまぁーすと松川マイちゃんと田中真生ちゃんがやって来た。続けて宮部さん、ヒゲ面の藤くんも来て、口々に挨拶(あいさつ)を交わす。4班のメンバーが続々と集まって来た。春子は頭数が揃(そろ)ったのを確認すると、時計を見た。あと20分もすれば今回出演してくれる役者さんたち3名がやって来る。しかしまだリビングのセットがきちんと置かれていない。

「さあ急ごうか。時間通りに撮れるかどうかが大事なんだから」

春子は自分が班長であることを自覚し、皆に呼びかけた。いくつかの注意点のうち、もっとも厳しく言われたのは事故・ケガのないように安全第一で取り組むこと。そして次に言われたのは2日間で必ず撮り切るようにということだ。両日ともに朝9時には開始し、スタジオは午後7時まで、ロケは日暮れの午後6時頃までにはすべての撮影を終え、完全撤収しなければならない。

「撮りこぼしたらどうなるんだろな」

「だからそうならないように絶対に撮り終えなきゃいけないんだってば」

「絶対なんて世の中にはない」

「待てよ。てことはさ、1人1シーン、1時間以内に撮らないと間に合わねえってこと？」

「ムリじゃね？」

「何を今さら」

「だからさあ」

ガヤガヤと皆が喋り出し、口は閉じそうにない。春子は「みんな手を動かしながら話してね」となるべく穏やかな物言いで皆を促し、それから桃ちゃんを呼んだ。

「桃ちゃんが最初に監督するから決めていいと思う。どういう感じでセットを置くか」

「んー」桃ちゃんが唸る。セットといっても家具はテーブルと椅子が4脚、白いボックスが1ツしかなく、それらを使ってリビングに見立てる。ただ、その置き方を聞いたのだった。壁に平行に置くか、それとも壁にくっつけるか。椅子は4脚ぜんぶ使うか。

「どうする?」と春子が問うと「んー」とますます桃ちゃんは唸ってしまった。イメージが沸かないのだろうか。床に腰をおろして照明機材のフィルターを整理していた木梨くんが「センスが問われるよな」と口を挟んだ。

「俺がやろうか」と安藤くんも口を挟む。

「いや安藤がやったって意味ないだろ。監督は桃ちゃんなんだから。桃ちゃんのセンスが問われてるんだよ」

「そんな言い方すると桃ちゃんプレッシャーだよ。困ってるよ」

「困ってないよな、熟考してんだよな」

「んー」桃ちゃんますます唸りだす。

「そもそもセットの組み立てっていうのはさ」

木梨くんは言いながら腰をあげた。

「単なる部屋作りをすればいいのではなく、物語を明確に表現するための作業であるべきなんだ。つまりさ、リビングのセットが構築されていく中で、家具の配置や小道具の位置は、キャラクターの個性やそのシーンの雰囲気をより深く伝えるために繊細な工夫が凝らされるべきなんだ。カンヌ映画祭で監督賞を受賞したヴィム・ヴェンダース監督の有名な『ベルリン・天使の詩』を見たことあるだろ。あれはなんといってもセットの美術が」

「はいはい」とそこでカチンコをカチンと鳴らしたカチンコ男、安藤。

「あのなあ」木梨くんの声のトーンが変わった。カチンという音でカチンときたのか。安藤は気にせず、テキトーでいいじゃんと言い放った。

「テキトーってなんだよ」

「だって俺たち『ベルリン』なんとかみたいな立派な作品を撮るわけじゃないいんだよ。『赤い白い日傘』っていう、なんかよくわかんない不条理劇つーの？」

「ラブストーリーだ」

「そういう解釈もあるんだろうけど」

「車椅子のヒロインとその夫、介助士の若い男との歪(ゆが)んだ三角関係をエグく描こうとしてるんじゃないのかよ」

「ふぅん、じゃあそういうことでもいいよ」

「勘弁してよその言い方」

「そこはそんな深く考えずに」

「考えずにどうすんだよ」

「楽しくノリで撮ろうよ」

「なんだよノリって。映画に対する冒涜(ぼうとく)だぞそれ、その態度」

「大げさなんだよ木梨くんはァ」

「そっちがテキトー過ぎるんだよ」

「まあまあまあ」春子は2人の間に割って入り、手をひらひらさせた。木梨くんが「この〝だらぶち〟め」とぼやいたので、「いやいやいやいや」とさらに手をひらひらさせ、春子はその場の空気をなんとか和ませようとした。

「〝だらぶち〟ってなに」

「バカってことだ、金沢弁で。ねえハルハル」

「ちょっ、ちょっとやめようよォ」焦る春子。その時、「やばっ、役者さんが来ましたァー」と殿谷くんが叫んだ。

役者さんといっても、正しくは役者を目指しているタマゴたちだ。今日明日とよろしくお願いします、何かあれば班長の私に言ってくださいね、と春子は頭を下げた。

ありがとうございます、と丁寧に返してきたのはヒロイン役の宇津井綾音さん。小さな劇団に所属していて、普段はコールセンターでアルバイトをしているのだという。都内の大学に通う学生の山吹翔太くんは軽く頭を下げただけ、スマホから目を離さない。もう1人、芸術専門学校のアクターコースとやらに通っているという、こちらは気さくな秋川健太郎くん。「俺って、昔からめちゃくちゃ老けて見られるンすよ。小学6年の頃にはもうランドセルが似合わないって言われて。家のローンを組んでるんじゃないか、もう親父だろって言われて。マジで年上に見られるんですよ。今回も宇津井さんと夫婦って役だけど、あれ、宇津井さんっていくつっすか。あれ、聞いちゃいけないんだっけ」

「いいですよ。今回の役と同じで28才です」

「でしょでしょ、おかしいでしょ。俺はまだ21才なんですよ。それで宇津井さんの夫役なんて大丈夫っすかね、大丈夫っすかね」

「大丈夫です」春子はきっぱりと言った。何の保証もないが、ただこの雑談を終わらせたくて。「準備できたらお呼びしますのでお待ちください」と3人を待機室であるスタジオの隣の小部屋に案内し、スタジオにダッシュで戻った。

スタジオはしんと静まり返っていた。セットの位置をまだ決められずにいる桃ちゃんのために、テーブルも椅子も無造作に置かれたままだ。最年少の光山くんだけが起立し、指示待ちをしている。他は皆、椅子に腰掛けたり、床に座ったり、どこか所在無さげ（しょざいな）に押し黙っている。春子は時間が気になって仕方がない。トップバッターの桃ちゃんが考え込んでしまうと、次に続く人たちもおそらく似たような感じになって、どんどん考え込んでいくのではなかろうか。なんせ、誰もが皆、監督するのは初めてなのだ。予定通り9時開始を厳守したい。しかし時間は容赦なく過ぎていく。先程までテーブルの上にあったおにぎりがなくなっているのに気づいた。誰かがもう食べ終わったのだろう。

急かしたくはないが、急かさないと進まない。桃ちゃん、と春子は何度目かの呼びかけをした。わかってる、と桃ちゃんは俯いた。長い睫毛がパーマでくるんとしている。微動だにしない。ここからがまた長かった。時間にして10分ほどか、春子にとっては永遠に続くように感じた。いつだったか講師の伏見先生が「監督に必要なのはまずは決断力だ」と言ったのを思い出す。撮影現場では常に何かしらの決断を求められるのだと。たとえば衣装1ツとっても、これでいいかどうか。メイクもこれでいいかどうか。監督はスタッフから決断を迫られ、その要所要所でいかに的確な決断を下すかを見られている。桃ちゃん、見られているんだよと背中を押す。

「ごめん、決めた」

ようやく顔をあげ、桃ちゃんがテーブルに視線をやった。春子たちは飛びつき、指示を仰いだ。桃ちゃんの望み通りにそれらを動かし、セッティングをし終えた時には9時を30分は過ぎていたか。

「よしっ、マキマキでいこう」と誰かが言った。マキとは時間を巻くと言う意味だ。「マキマキね、おっけー！」とカチンコ男、安藤がカチンコを鳴らし、それに応えた。「おぅー」と皆が声を揃えたので、春子も慌てて「おぅー」と後追いした。桃ちゃんが監督のシーンでカメラを担当するのは田中さん。カメラ助手は殿谷くん。あとは照明部と録音部と演出部に分かれ、それぞれスタンバイする。木梨くんは照明チーフ、安藤は言うまでもない、カチンコ担当の助監督だ。

「一生懸命やりまーす！」

「うん、わかっとる」

春子は助監督の下、サードというポジションで、役者さんたちを呼びに走った。お待たせしましたァーと。

ようやく撮影が始まった。

昼休憩。スタジオの出入り口にある自動販売機はスポーツドリンクが売り切れになっていた。春子はやれやれとオレンジジュースを買った。時間は午後1時を回ったところだ。最初はどうなることかと思ったが、トップバッターの桃ちゃんの撮影は本当にマキマキだった。〝長回し〟といって、カットを入れずにカメラを回し続け、1シーン1カットで撮り終えたのだ。かかった撮影時間はなんと10分弱。カメラリハーサルを含めてもトータル20分もかからずに済んだ。

「うわあ」と春子は思わず感嘆の声をあげ、「すごいねえ、よくやったねえ」と桃ちゃんとカメラを担当した田中さんたちを褒め称えた。もちろん集中力を切らずに演じてくれた役者さんたちにも皆で一斉に拍手を送った。気さくな役者、秋川健太郎くんは誰かれかまわず握手をし、ヒロイン役の宇津井綾音さんとも肩を叩きあって、うまくいったことを喜んでいた。もう1人の役者さん、素っ気ないふうの山吹翔太くんを見ると、その目がうるんでいて、春子はびっくりした。ポーカーフェイスなだけで、〝長回し〟に感動していたのだ。おかげで場が盛り上がり、団結力も強まった。モチベーションも高まった。

すると調子づいたのか、木梨くんが「〝長回し〟っていえばさ、『台風クラブ』って映画の相米慎二監督だよな。役者の魅力を最大限に引き出す効果があるんだよな」とまたもやうんちくを垂れ始めたので焦った。が、カチンコ男の安藤がまた「カチン」と鳴らし、それを遮ってくれた。

続けて次の監督、松川マイちゃんも感化されたのだろう、カット数は2カット、〝長回し〟とまではいかないが少ないカット数で撮ると言いだした。さらにどんな風に撮るか、どう撮りたいかという彼女の中でのイメージがしっかりしており、迷いがなかった。よって1時間もかからずに撮り終えてくれて、3番目の監督、殿谷くんが多少もたついても余裕で時間が残った。そうして昼休憩も1時間たっぷりとることが出来たのである。

「このままだと早く終わるなぁ」

にやにやしながら安藤が春子の隣に来た。

「ねえハルハル、どうだった？　俺のカチンコ姿、キマってたか」

「あ……や、うん、良かった、と思うよ……ミスもなく……頑張ってたと思うけど……」

「今日早く終わるから飲みに行こう。ハルハルと俺とォ、桃ちゃんの３人で」

「いやそれは……いや、なんで私が……」

「だから言ったろ、ハルハルに応援してもらうと、なんかうまくやれそうな気がする」

「安藤くんのお母さんって……いくつ……？」

「聞くかそれを！」

「声でかっ、トーンダウンしてや」

「はあーい！　俺のおかん、50才でぇーす！」

「……同じや……そんな予感がしたわ……」

「頼りにしてるよ。一緒に飲みに行こう」

「いやムリやし、明日があるし……」

春子は明日の最終日、ラストシーンを監督することになっている。


「俺だって明日だよ。明日の２番目だ。まだどう撮るか、なにも考えてないけどね」

「じゃあ今日は早く終わったら、帰ってよく考えようよ」

「桃ちゃんみたいに〝長回し〟にしよっかな」

「それならそれで、ちゃんと撮れるように考えなきゃ」

「桃ちゃんのことしか考えられましぇん」

「ふざけないで」

「いや、ハルハルだから言うけど、桃ちゃんも俺のことが気になってると思うんだよ。なんか俺を見る目が違うんだ。わかるんだよ、俺……女心がわかるんだ」

「安藤ォー」春子の胸はつぶれそう。

「桃ちゃん俺のことが好きなんだと思う」

「撮影の話をしよう、ねっ。安藤くんは映画の勉強がしたくて来たんでしょ、映画監督を目指してるんでしょ、それなのに今は色恋なんて邪魔でしょ」

「恋はパワーをくれる」

「いやでも今は置いといて」

「好きな人がいると頑張れるだろ。それに俺はなにがなんでも映画監督になりたいとか思ってないもん。ハルハルだってそうだろ、えっ、まさかハルハルは真剣に映画監督を目指してる？」

「や、私の話はいいから」

「俺は映画監督より、もっと現実的なことをいうと桃ちゃんの彼氏、それだよ、うん。俺は桃ちゃんの彼氏になる。近いうちに」

「近いうちにって、勝手にそんな」

「だから俺にはわかるんだよ、女心が」

「あああああ、あのね、彼氏……桃ちゃんに好きな人がいて……彼氏の候補というか、そういう人がもういて……や、いるかもなぁとか悪い想像もしてみようよ」

「逆に燃える！　悪い想像したら燃える！」

「安藤ォー」

「彼氏になる！　そのためになんだって一生懸命に頑張る！」

あぁもうそんなガッパに、と言いかけて春子はハッとした。そうか、これか。夕べ河童と言っていたのはこれのことか。

午後からの撮影開始5分前、春子はここで言うべきことかと多少躊躇（ちゅうちょ）はしたが、忘れないうちにと伝えておこうと桃ちゃんに「アレは河童じゃない」と言った。

「河童じゃないってどういうこと？」

「夕べ私は金沢弁で〝そんなガッパにならんでもいいやろ〟と言ったんだよ」

「どういう意味？」

「〝ガッパになる〟って〝一生懸命になる〟って意味やから、安藤くんに〝そんなに一生懸命にならなくてもいいんじゃないの〟って」

「えっ、どうしてそんな否定的なことを」

「や、だって……」

「ハルハル、ひどいよ。映画監督を目指して頑張ろうと一生懸命な人にそんな……」

「あっ、やっ、それは……」

「安藤くんから一生懸命をとったら何も残らないよ。安藤くんの良さはそれだよ。それしかないよ。それだけだよ。他には何もない人だよ」

「う、うん……」

「木梨くんと違って、安藤くんは映画の知識も教養もぜんぜんなさそうだし……一生懸命……ガッパ？　河童だっけ、安藤くんは河童になるしかないんだよ」

「そう、そうだね……」

もうそれ以上、春子は何も言えなかった。


まったく、若者たちの恋に翻弄されて、肝心の撮影がおざなりにならないようにしなければと、春子はあらためて安藤くんを封印、気を引き締めた。午後からは藤くんが監督するシーンと、光山くんが監督するシーン。この2シーンを終えれば完全撤収し、明日の準備だ。


「あのあの……」

声に振り向くと俯き加減の光山くんが立っていて、班長さんにまずお願いが……と言うではないか。

「なんだろ、どうしたの？」

「はい……」

まさか光山くんまでが恋の相談じゃないだろな、と不安が過る。なんだかんだいっても皆は若い。若いということは熱情がほとばしると止まらないものだ。それを撮影にだけぶつけてくれればいいのだが、寄り道をしてしまうのも若さである。仕方ない、聞こうじゃないの、班長だもの。春子はきちんと向き直った。

「昨年……」光山くんが話し出す。「あれは昨年の秋のことです。ひとりで静かな山道を歩いているときのことです。紅葉が美しく彩る山道だったんです。足元にはカサカサと乾いた葉が敷き詰められていて、そこを歩く音が心地よかった……」

「ちょっと待って、何の話や」

「すみません……山の中腹に立った瞬間、見上げた空に広がる美しい夕焼け空に驚かされました」

「光山くん、ねえ、何の話なの」

「もっと驚いたのは夕焼けの空の下に浮遊する物体を見たことです。今日このスタジオに来てから、ずっと考えていたんです。あの瞬間のことを……」

そういえば何やら考え込んでいた。シナリオに書き込みをしていたっけ。春子は朝に見た光山くんの姿を思い返していた。

「僕は怖さよりもそれを見た特別な思いを心に刻みました。むしろ怖さよりも温かな感動といっていいかも……」

「えっと、だんだん何言ってるかわかんなくなってきたんだけど、物体ってなに、ＵＦＯでも見たってことかな」

「違います……女性です……死んでいる」

「えっ、死体を！」

どうしたのかと皆がぞろぞろと集まってきた。光山くんと春子を取り囲むようにして何事かと見ている。少しの沈黙の後、まるでお弁当を注文するかのように光山くんは言った。

「僕は恐怖映画でお願いします」

「……はあ？」

自分の監督するシーンは恐怖映画にしたいのでセットを退かして、スタジオをいったん真っ暗にして欲しい、そのために黒いビニール袋を早急に用意して欲しい、それを壁中にに張りめぐらせて欲しいと淡々と要求を口にする。皆、呆気（あっけ）にとられている。さすがのカチンコ男、安藤もカチンコを鳴らさずにぽかんとしている。いや待て、これ、撮り終えるのか。どうなるいったい、恐怖映画とはなんだ。春子は頭を抱えた。

**水橋文美江**（みずはし・ふみえ）
1964（昭和39）年金沢市生まれ。91（平成3）年脚本家デビュー。テレビドラマ「夏子の酒」「ホタルノヒカリ」のほか、NHK連続テレビ小説「スカーレット」の脚本を手掛ける。北國新聞・富山新聞でエッセー「いくつになっても」を連載する。東京都在住。

前田家の武将たち【九十】

# ニガリでは終わらず　奥村支家

（本稿は史実に着想を得た歴史読み物です）

作家　童門冬二

## 信長の人事干渉

「斉家（家をととのえる）」という言葉を、奥村易英が他人事でなく、自分のこととして身に沁みて感ずるようになったのは、かなり後年のことだ。

しかしこの言葉を意識しなくても、かなり前からこの言葉の重要性はよくわきまえていた。

キッカケをつくったのは、主人の前田家が仕える織田信長で、信長は前田家の当主決定に干渉したからだ。

前田家は尾張国荒子村（愛知県名古屋市中川区）の土豪で織田家に臣従していた。やはり荒子の土豪である奥村家は、その前田家に仕えていた。

永禄三（一五六〇）年前田利春

が死去し、長男の利久が当主をつぐことになった。前田家の定まりで、何のふしぎもない常識人事だ。ところが永禄十二年になって、信長が横槍を入れた。

「利久の人柄はいい。しかし今の世はただ人がいいだけではオレの役には立たぬ。弟の利家と交代させろ」という、ジコチュウ（自己中心）の干渉だ。利家は幼ない時から信長の寵児として信長に可愛いがられ、利家自身も信長の腰巾着になっていた。

が、前田家では問題になった。

「信長様の干渉は分を越えている」

というのだ。このころの大名家は、制度とかそれを守るためのルールは、ほとんど古代中国の古書に拠っていた。相続も長子が継ぐのが当り前になっていた。しかし当事者の利久は折れた。

「信長様の指摘は正しい。オレはオリる。家は利家につがせてくれ」

本人がそういうのなら仕方がない。結局、信長の希望通りになって、前田家は利家がついだが、シコリは残った。利久はともかくその妻や親族が、信長でなく利家をうらんだからである。

そういう不満層をなだめ、柔らかい緩衝装置となって、終始トラブルの解決役をつとめたのが利久だ。そのたびに利家は、

「兄上、済まない」

と詫びると同時に感謝した。利久は笑って、

「気にするな。オレが無能力だからだ」

と自分のせいにした。しかし時にこんなことをいった。

## 「大学」の教えの「斉家」

「利家よ、隣国の古書で『大学』というのを知っているか？」

「知っております。というより私の生きる教典でもあります」

「あの中に〝斉家〟という件りがあることは？」

「父上から耳にタコができるほど吹きこまれました」

「ハッハッハ、それは面白い」

利久は笑い出した。

「兄上、何がおかしいのですか？」

「他には洩らすな、わが家ではその斉家が必ずしも、うまく行っ

てはおらぬ」

「……」

利家は沈黙した。そうか、これが利久の本音だと感じた。「大学」を規範として生きる者にとって、「斉家」は重要で大切な行動目標だ。利久は前田家ではそれが守られていない、とハッキリ告げたのだ。

「家を斉える」というのは家長の責任である。何があろうと「大学」は、

「家族のひとりひとりの不平不満を解消し、全体をなごやかにまとめるのはすべて家長の責任である。前田家ではそれが実行されていない」

利久はそう告げている。利久は自らの家長としての責任の怠慢を反省している。


この話はそのころ奥村家の長子で、父を早く亡くして、前田家の当主である利春とその妻に育てられていた永福の耳にも入った。

永福はもともと信長の前田家への人事介入に腹を立てており反対していた。怒りが定まらずムシャクシャしている時に、この話をきいて怒りの対象が信長から利久に変った。つまり非難すべきは利久であって信長ではない、と考えたのだ。

「利久殿は、『大学』で定められた家長の責任を果していない」と断じた。そうなると、

「そんな無責任な家長に、のんべんダラリと養なわれているのは武士の恥だ」と短絡した。

「そんな家にはいられない」

と前田家からとび出した。


永福は以後、牢人ぐらしを送る。このくらしは天正元（一五七三）年まで続く。とび出したのが永禄十二（一五六九）年だというから、四年間放浪していたことになる。信長が朝倉義景を討った時、この合戦に加わり武功をあげて利家のもとに帰参した。

「よく戻った」

利家はこまかくは追及しなかった。その後何かの折に、

「戻る気になった動機は何だ?」

と訊いた。永福は、

「『孝経』です」と答えた。

「知らぬ。何と書いてある」

利家は知っている。が知らぬフリをして答えを待った。永福は答えた。

「君君たらずとも臣は以て臣たらざるべからず」

「ハハハ」

利家は笑い出した。

「読みちがいだ。『孝経』の序にそんなことは書いてない」

「いや、あります」

永福は頑張った。が、漢書についての知識は利家のほうがくわしい。利家は説明した。

「永福よ」

「はい」

「『孝経』に書いてあるのは君ではない、父だ」

「ご存知でしたか?」

「多くの者が知っている。オレが前田家を継いだのは、仕える織田家を守るためだ。しかしオレを見捨ててとび出したおまえの義心はホメてやる。がまんしてオレと一緒に信長様を支えろ。それが奥村家の責務だ」

「私もそう思いました。信長様もあなたも決してよい君だとは思いませんが」

「まだいうか」

二人共笑った。笑いでコダワリは消滅した。

戦国時代にはよい特性がある。一つのことにいつまでもこだわっていられないことだ。天はつぎからつぎへと新しい課題を投げてくる。いま取組んでいる課題が処理できないうちに、つぎの課題が迫ってくる。忙(せわ)しない時代なのだ。

## 斉家の決意

流浪(るろう)生活で永福が心に決したことがもう一つあった。それはかれが前田家をとび出した理由にもつながることだが、「大学」が規制する「斉家」を、かれはかれなりに実現しようということである。

「そうしなければ臣下としての責務が果せない」と感じたのだ。

「大学」は「斉家」の前に「修身」という規定を設けている。家長になる前の若年期の生き方だろう。

「家長になった時にりっぱに責務が果せるように、自分自身を鍛えよ」

という趣旨である。

流浪生活で永福はそのことを悟(さと)った。

「オレは青かった」

と思うことが多くなった。イヤなことが起こるとすべて他人のせいにする。

「あいつが悪い、こいつのせいだ」

と罪を他人のせいにする。そして自分はその場から逃げ出す。今度の脱出もそうだ。

罪をありていにいえば主君の前田利家と信長に仕える利家のせいにした。さらに、

「家長の責任を果していない」

といって、前田家の当主利久のせいにした。それもさかしらに「大学」の一文をタテにして、

「斉家の責務を全く果していない」

とキメつけた。

「こんな家にいられるか！」とび出した。牢浪（ろうろう）生活に入った。

「イキガリだった、若気の至りだ」

旅の途中でつくづくそう思いはじめた。

一旦後悔の念が湧くと、その思いはドンドン量を増してくる。頭と胸はそれで一杯になる。後悔と自己嫌悪がつのり、

「オレは何てイヤな人間なのだ」

と夜も眠れなくなる。この身がイヤで夜も七転八倒し身モダエてゴロゴロする。

孔子の「論語」の中にある「恕（じょ）」という言葉がチラチラする。「恕」というのは孔子の選んだ一語で、

「相手の立場に立ってものを考える」

ということだ。孔子は、

「だから自分がイヤだと思うことは他人に押しつけるな」と告げている。

「オレは自分のイヤなことはすべて他人に押しつけ、自分はキレイでカッコよくふるまってきたのではないのか？」

いまさらながらそんな気がする。

## 「修身」に戻る

永福は性格の根はいい人間なのでこういう状況になると、反対の気持がつぎつぎと突きあげてくるのだ。結局反省と後悔の念が勝って永福は、

「戻ろう」と決意した。

「どこへ？」自問する。

「決まってる、前田家だ」自答する。

「門前払いされるぞ」

「そんなことはない、オレがいなければ利家様もお困りだ」

「ホラ、すぐ調子に乗る、悪いクセだ」

自問自答が続いたあげく戻って

きた。「孝経」の序にある一文の「父」を、勝手に「君」と誤読するようなマネはしたが、この時のかれは完全に、

「家臣たる者の心得」を身につけていた。いってみれば、

「家臣の分限と責務」の中身をである。そしてさらに、

「その家臣の分限と責任を実行するために、自身の在り方（修身）と、家族のまとまり（斉家）の必要性」まで考えていた。そしてさらに、
・仕える主家の家名を大切にしなければならぬ
・そのためには仕える家臣の方も家名も大切にしなければならない
・家名を大切にするのには、「礼」と「道」を重んじなければならない。それには家長だけでなく家族全員がその気にならなければならない
と、家族の結束を求め、
・それには家族の一人ひとりが自分を鍛え、磨く自己鍛錬（修身）が必要なのだ、と結局は家族の個に帰一するのだ、と考えた。
そして、

「その牽引車になって指導するのが家長なのだ」と、元へ戻った。

かれはこの考えが気に入った。

前田家に戻った時にはこの考えを、

「こんごの奥村家の家長としてのオレの生き方の指標」

として打ち立てていた。

そしてこの考えを発展させて、

「男子の家族は単に家長に従うだけではダメで、時には独立して補佐の責任を果さなければならぬ」と思った。かれがのちに創始する「支家（分家）」の発想が、すでに芽生えていたのである。

「大学」が構成する四項目の「修身（個人）・家族（斉家）・地域（大名家）・国家（天下）」ですべての基本になる「修身」を、「天下」から逆流すれば当然の帰結であった。

　永福はこの過程で、自分の家のまとめを一つの小さなピリオドとしてケジメをつけたのだ。だからもし実現すれば「支家」は「点」になる。いずれにしても奥村家を前田家の重臣として、〝力強い支え〟にしよう、という、前向きの身がまえで、かれ自身が〝やる気〟満々で帰参したことはたしかであった。

## 末森城の防戦

以後、利家の赴く戦陣には、影のごとく永福は従った。その都度武功を樹(た)てた。禄も加えてもらった。

やがて有名な〝末森城(すえもりじょう)の防戦〟がやってくる。が、この合戦についてはあまりにも広く知られているので、略記する。

重臣柴田勝家(しばたかついえ)を北国制圧の将として越前（福井県）においた信長は、三人の与力（補助役）を付けた。利家・佐々成政・他である。信長の横死後ポスト信長の座は羽柴秀吉と勝家の争いとなった。勝家が敗れると今度は徳川家康が加わった。

利家は秀吉に味方し成政は家康に味方した。利家はこの時末森城を預けていた。従う兵は五百とも六百ともいう。これを一万五千といわれる佐々軍が越中から攻めた。誰がみても勝敗はあきらかだ。

この時、永福は家族を集めて宣言した。

「城をわが家と思ってこもる。しかし幼児はのぞく。栄明(ひであき)と易英(やすひで)は一緒にこい」

妻の安(やす)がいった。

「私もご一緒しますよ」

「当然だ、女房のいない家などあり得ぬ」

鉢巻姿で、負傷兵の介護や一般兵への励まし、食べ物の補給などの大活躍をした安のことは多くの媒体が伝えている。

そして、

「佐々とあまり争わないでくれ。あとあとのことがあるのでな」

と、〝政治〟を言外に含ませる秀吉の忠告を利家はそのまま永福に伝えた。

「いざという時にも応援できぬかもしれぬ」

前もってそう告げた。永福は笑った。

「お預かりした以上、末森城はわが家です。大事に守ります。守れなくなったら一同覚悟をしております。一夜守ればよいのですから」

と含みをこめた応じ方をした。家族にはすでに、

「いざとなった時の身の処理」

は伝えてあり、一緒に城に入った家族はすべてそのつもりでいた。

しかし実際には、

「自重してくれ」

と秀吉から固く援軍をとめられていた利家が妻のまつから資金の袋を投げつけられ、

「人は一代、名は末代」

の名セリフを吐いて利家が応援に駈けつけたのは有名なエピソードだ。

## 支家はトーフのニガリだ

以下は私の創作である。

永福は敬虔（けいけん）な禅宗の信者だ。トーフが好きで自分でもつくる。

かれは自家を宗家（本家）とし、易英を当主とする支家をつくった時にこう告げた。

「支家をトーフのニガリだと思え」

「え」

「オレはトーフが好きだ。自分でもつくる。トーフづくりはオレひとりじゃない。ほかにも沢山いる。しかし中にはニガリを嫌って入れない奴もいる。オレはちがう。必ず入れる。ニガリがトーフ全体をピシッと引き締めるからだ。おまえは奥村ドーフの引き締め役だ。奥村ドーフがグチャッと崩れそうになったらピシッと引き締めろ」

そして、

「奥村本家のことだけを考えろ。前田家のことはオレが考える。本家を主家と思え。オレを主人と思え、父親と思うな」

こまかく注意した。奥村家を一個の完結した存在にしたいらしい。ということは永福にすれば何かあった時の責任は自家でキチンと責任を負いたいのだ。しかしなるべくなら、そうならずにスムーズに前田家の運営をいとなみたい、そのために奥村ドーフにニガリを用意して、奥村家の方もキチンとととのえておきたい、つまり「斉家」である。

しかし易英はニガリで終らなかった。

末森城の守城後、千石の知行をもらい世子前田利常に仕えた。秀吉の小田原北条氏攻めにも参加する。関ヶ原合戦では石田三成方の大聖寺城も攻めて二千石加増、大坂冬の陣では真田丸（幸村の砦）を攻めて四千五百石を加増された。夏の陣では父と共に金沢城の城代を命ぜられている。

そして元和二（一六一六）年には加賀藩の家老に任じられている。父の死後はその遺領（三千三百石）を継いでいる。

こうなると父がのぞんだようなトーフのニガリなのかどうかわからない。りっぱに独立した一個のトーフなのだ。かれの才幹がそうさせたので、かれも亡父も必ずしものぞんだわけではなかろう。

父の永福にすればやはり本家と支家の独立性、そのケジメ、本家と支家の協同による前田家への奉仕、しかしそれぞれの分限と責任の定めは、あくまでも守りたかったにちがいない。システムとしては別にして、易英の才幹はそれを超えていたのである。

**童門冬二**（どうもん・ふゆじ）1927（昭和2）年、東京生まれ。東京都庁に勤め広報室長、企画調整局長などを歴任して退職、作家活動に入る。『小説上杉鷹山（上）（下）』（学陽書房）『海の街道　銭屋五兵衛と冒険者たち（上）（下）』（同）『前田利家』（小学館）『男の詩集』（ＰＨＰ研究所）ほか著書多数。日本文芸家協会、日本推理作家協会会員。

# 国民文化祭がやって来る

いしかわ・金沢風と緑の楽都音楽祭
シニア・アドバイザー
山田正幸

国民文化祭（いしかわ百万石文化祭２０２３）がやって来ます。前回は１９９２年だったので、31年ぶり。まだ開催していない県もある中で、早くも順番が回ってきました。全国障害者芸術・文化祭と合わせて愉(たの)しみましょう。

前回の国民文化祭では、設立4年目だったオーケストラ・アンサンブル金沢（以下ＯＥＫ）は開会式で、外山雄三作曲「交響的『石川』」を日本初演しました。「白山カンコ踊り」「能登舟漕ぎ唄」など地元の民謡6曲を室内オーケストラ用に作・編曲した曲です。

岩城宏之音楽監督（当時）は、日本民謡をモチーフにした外山氏の作品を高く評価していました。例えば「管弦楽のためのラプソディ」や「管弦楽のためのディヴェルティメント」は、日本のオーケストラの海外公演のアンコールで、よく演奏されました。

岩城監督は、この日のために3年前から外山氏に作曲を委嘱していました。ＯＥＫは、この「交響的『石川』」が、全国のオーケストラの重要なレパートリーとなって、世界へと飛躍する期待を込めて演奏しました。

その外山氏が、今年7月11日、92歳で亡くなられました。ＯＥＫアーティスティック・リーダーの広上淳一氏も、指揮の師匠として仕えた経験があるだけに、特別な思いがあることでしょう。

実はＯＥＫも、外山氏には大変お世話になりました。２００２年夏、涼しい東北への演奏旅行を企画した際のことです。秋田、青森、盛岡の有名ホールは予約を取れたのですが、仙台の宮城県民会館だけは、仙台フィルハーモニー楽団のサマーコンサートで予定が埋まっていました。

厚かましくも電話で仙台フィルと交渉しましたが、当然ながら相手にされません。それでも「開催日を1日ずらして頂けませんか」と担当者に食い下がると、「監督でないと決められません。丁度居ますので代わります」と電話口の声が変わりました。

この監督こそ外山氏でした。「どうしたの？仙台へ」。OEKの公演の指揮者はギュンター・ピヒラー氏、ソリストはピアニストの中村紘子さんであることを説明したうえで、日程をずらしてほしいとお願いしてみました。

## 外山雄三氏の思い出

「ウーン。日程を変えるのはちょっと難しいかもね。そうだ、この際だから紘子さんにね、仙台とOEKの合同演奏会にしてラフマニノフのピアノ協奏曲あたりできないか、そちらからちょっと聞いてみてよ」との返事が返ってきました。それで、すぐ中村さんに電話して「え！そうなの？ 仕方ないわね。仙台は初めてだけど」と、何とか了承を得ました。外山氏のアイデアで、突然の合同演奏まで付いて企画が完成したのです。

岩城監督はその話を聞くと、「では、次は指揮外山雄三で仙台フィルをこの音楽堂に呼んでやろう！」と言われ、翌2003年9月のOEK定期公演に仙台フィルを招聘しました。OEKの指揮者は岩城氏でした。指揮者として二人一緒に出るのは1956年のNHK交響楽団デビュー公演以来との事でした。もうお二人は天国で会っているでしょうか？仙台フィルとの交流は、その後も続いています。震災復興支援や石川県立音楽堂20周年記念公演のため招聘する一方、今年はOEKが仙台に招待されています。

さて、今回も、OEKは委嘱作品を発表します。県立音楽堂洋楽監督でもある池辺晋一郎氏の「篳篥（ひちりき）、薩摩琵琶とオーケストラのための新曲『豊穣の道』」で、10月15日の開会式に広上氏指揮で演奏します。

能楽や邦楽、伝統工芸、そしてクラシック音楽、現代アート、食まで、多様多彩な文化が盛んな石川県。いしかわ百万石文化祭は、そうした文化の継承発展や資源としての活用の点で有意義な催しでしょう。乞うご期待です。α

# 心に残るスケッチの旅 ㊴

## 気持ちを、うつしこむ

**北川由希恵**（日本画家）

きたがわ・ゆきえ　1989（平成元）年金沢市生まれ。金沢美術工芸大学大学院修了。2011年現代美術展（北國賞）と日展で新入選。19年日展特選。22年郷さくら美術館（東京）桜花賞展奨励賞。23年現代美術展美術文化準大賞・石川県芸術文化協会会長賞。現在は日展会友、一般財団法人石川県美術文化協会会員、金城大学短期大学部日本画コース非常勤講師。南砺市在住。


「心に残るスケッチの旅」という題をいただきました。私の中では大学時代の写生旅行です。金沢美大日本画専攻の伝統行事です。毎年5月、2泊3日で学生全員が教員とともに長野県周辺の山へと出掛けるのです。

私の学生時代、行き先は上高地、妙高、乗鞍、戸隠、白馬の5カ所がありました。大学1年の時、最初に訪れたのが上高地でした。私は山に行った経験もなく、野外スケッチも初めてだったので、とてつもない山の中に来てしまった、と心細くなりました。

お昼に宿に着きカレーを食べると、教授から「夕食の時間までには帰ってくるように」とだけ言われ、各自出発します。先輩たちはスケッチ道具の入った大きなリュックサックと山歩き用のウインドブレーカーを着て足早に山の中へと姿を消します。私たち1年生はその姿に圧倒されながらも、遠足気分でわいわい歩きだしました。

2011年、長野県戸隠森林植物園のみどりが池でのスケッチ

天気もよく、透き通った川や新緑の木々に囲まれた非日常に同級生との会話も弾みます。ですが絵を志す者たち、自然と描きたい場所が決まり「ここ、描こうかな」と言ってグループから離脱していきます。

## 森の中で静寂に気付く

それまでの私の題材は受験用の静物くらいでしたので、山や川をどう描いたらいいのか分からず、最後の一人が場所を決めるまで同行しました。そこは森の中で、足元はシダやクマザサが茂っているような場所でした。

迷子になるのが怖くて同級生の近くで手頃な木を描き始めると、周りの静寂に気付きました。風で揺れる葉の音と鳥の声だけ。大自然の中にぽつんと座っているのは孤独というより、怖いくらいで、大きなスケッチブックにしがみつくようにして描きました。時々ハイキングの団体が通り、声を掛けてくれるのが励みでした。

2日目の夕食後に日本画専攻全員が集まり、それぞれ教授にスケッチを見てもらいます。

これがまた、とてつもない緊張感です。1年生からスタートですが、学年が上がるにつれ、本人の思いがにじみ出るような、何とも引き込まれる写生が出てくるのです。教授たちも熱を帯びていきます。「しっかり見て描くように」「もっと周りの状況が分かるように全部描いて」といった基礎的な指導から自然に言葉数が増えて、「この場所、いいよね。いい写生だから大事にしなさい」「帰ったらこの写生を使って絵を描きなよ。ここで切って大きい絵にしたら面白い」というふうに、作家同士の会話になっていきます。

私は、どうしたら恥ずかしくない写生を見せられるだろう、とそんなことばかり考えていました。不思議と人の目を気にして上手に描こうと思いながら筆を走らせたスケッチは、モチーフに対して「描きたい！」という心が入っていませんでした。帰宅してから眺めてみても、一体、どこに惹かれて描いたのかが全然思い出せないのです。とても絵になんか、できませんでした。

## 自家用車で心のゆとり

大学4年になると自分で車を運転するようになり、写生旅行に自家用車で行ってもよくなりました。同級生に誘われ、後輩も乗せて前日に前乗りしました。

場所は戸隠です。みんなよりも早くから写生できるという心のゆとりがあり、車で回れるので本当に気になる場所をじっくりと探すことができました。3日掛けて描き込んだスケッチは、今までとは全く違う仕上がりで教授から、「よく描けていて色もいいし絵にできるんじゃない？」と初めて言ってもらえました。絵にできるスケッチとは何かを掴むきっかけになった思い出の一枚です。

その後、大学院、助手と合計10回行きましたが、どれも実りある時間を過ごすことができ、どこへでも一人旅でスケッチができる人間へと成長できました。

絵にしたい場所が写生旅行では描ききれず、後日再訪したこともありました。絵にしたいモチーフへのこだわりや執着はスケッチするたびに強まっていきます。スケッチで納得いくものができていないと、本画を完成させるのは難しいということも一連の長野の旅で学びました。

## スモークツリー忘れられず

昨年、富山市内の植物園に何日も通ってスケッチしたスモークツリーは忘れられません。

今年の春、現代美術展に出品した「空にけむる」で、「美術文化準大賞・石川県芸術文化協会会長賞」をいただきました。その題材です。

実は、この木は5年前も日展に向けてスケッチしていました。当時は同居していた父が闘病中で、母とともに看病していました。結果は落選。応援してくれていた父に「俺のせいだ」と言わせてしまい、思わず涙が出ました。そのひと月後に、父は亡くなりました。

「絵なんて描かずに、もっとそばにいて看病すれ

第79回現代美術展で美術文化準大賞・石川県芸術文化協会会長賞を受けた「空にけむる」

ばよかった」。後悔が込み上げてきました。その後も毎年、植物園を訪ねましたが、スモークツリーをじっくりとスケッチしようとする覚悟ができませんでした。

しばらくして結婚し、2度の出産を経験するにつれてだんだん自分の描く絵が明るくなってきたように感じました。心が惹かれるものが変わり、色、筆のタッチが優しくなる感覚があります。意図したわけではないのに…。

ずっと心残りだったスモークツリーを今なら描けるかもしれない、そう思ってスケッチに出掛けました。2人目はお腹の中、1歳になる子どもは母や夫に見ていてもらいました。申し訳ない気持ちが大きかったのですが、貴重な時間だと肝に銘じて短期間で密度の濃いスケッチをすることができました。

薄桃色の花はふんわりと優しそうですが触るとそれほど柔らかくなく、よく見ると複雑な色と形をしています。育児をしながら幸せを感じているけれども、絵も描いていきたいという私の心境と重なり、目に見えない内面的なものもスケッチとして残せるだろうかと、色だけで表現を試みました。しっかり描き込んだものと、心象的なもの、2枚のスケッチを残していると絵にする時にとてもスムーズでした。

## 絵と生活はつながっている

日本画を描いていくと決めてから、辛(つら)く悲しいことと幸せなことが交互に訪れましたが、そのたびにスケッチをする時間が私を癒やし、救ってくれたと感じます。今は変化を必要以上に恐れず、その時の気持ちをモチーフへ、うつしこめるような作品を描いていきたいと思うようになりました。

恩師の土屋禮一先生から「絵と生活はつながっている。豊かな作品を作るには豊かな心を育てなさい」という言葉をいただきました。ずっと心にとどめておきたい言葉です。α

# 北陸の同人誌から

金沢学院大学副学長
水洞 幸夫

8月のお盆になると、日本人は一斉に〈ふるさと〉へ向かって大移動を始める。お盆の帰省ラッシュは、ほぼコロナ禍前の水準を回復したという。テレビのニュースは、帰省客でごったがえす駅や空港の様子を報じていた。

〈ふるさと〉に帰りたくても帰れない場合に湧き上がってくるのが、郷愁。横文字で言うとノスタルジアである。

## 犀星のノスタルジア

「ふるさとは遠きにありて思ふもの／そして悲しくうたふもの……」。人口に膾炙したこの室生犀星「小景異情その二」の詩は、まさにノスタルジアを歌い上げた作品のように思えるのだが…。

犀星記念館の開館記念講演会で比較文化学者の四方田犬彦氏は、この詩は単純にノスタルジアをうたった詩ではないと指摘した。確かに最後の最後で「そのこころもて／遠きみやこにかへらばや／遠きみやこにかへらばや」とどんでん返しがある。作者は東京にいて故郷金沢を想っている設定だと思っていると、最後に至って、作者が今居る場所は金沢だったのか、ということになる。

東京にも金沢にも安住の地を見出し得なかった頃の犀星の心の内がうかがえる詩であるが、四方田氏は、それは犀星の問題だけではなく普遍的な現代人の問題なのだという。四方田氏は、犀星の詩のノスタルジアは、現在の場所（東京）は偽りで、自らの起源である過去の場所（金沢）こそが本来の場所であり、そこに戻りたいというタイプのノスタルジアではなく、現在の場（東京）と過去の場（金沢）の両方の場を自由に彷徨う形のノスタルジアなのだという。移動を強いられる現代人は、現在の世界だけでは生きられないが、過去の世界だけでも生きられない。犀星の詩のように、我々は現在と過去との二つの場を行き来しながら、心のバランスを保って生きているのかも知れない。示唆に富んだ内容の講演であった。

今回は、『繫』4と『檸檬』35の2誌を読んだ。

## 溶け出す現在と過去

『繫』には8編の小説が載っている。寺本親平「観音参り」は、吉田健一の「金沢」の話から、超現実的な夢幻絵巻が繰り広げられる。夢幻譚は、吉田健一「金沢」の世界のように、我々の日常の認識を支えている境界線を混濁させる。「観音参り」では、現在、過去、未来の時間の境界が溶けている。なつかしい妻、母、父、自らの老い、……。四方田氏が言うところの、現在と過去の失われた世界を行き来する犀星型ノスタルジアをさらに圧縮濃密にして主人公の身体に溶かし込む。そこに「蜜のあわれ」の金魚、棟方志功の女人のイメージを交錯させて夢幻絵巻が織り上げられている。

最後に「附記」が記されていて、それによると、若いときに書いた作品を、今回、加筆して手を入れたという。この「附記」が加えられることで、もう一つのドラマが重なった。すなわち、この作品を書き直したという行為を記す（それが事実であるか虚構であるかは関係ない）ことで、この作品において語り手は、物語の内と外で、二重に現在と過去とを往復することになったのである。

飯田労「卯辰の一本松」は、時代小説と言っていいのか、現代小説と言っていいのか。過去が現在にからんでくる物語である。ただし、失われた過去ではなく、知らなかった過去が、ある日、いきなり現れた白山流忍法集団当主と名乗る人物から語られる。それによって、父との思い出も意味が変わってくる。過去は不変ではない。思い出す現在の状況によって、違った姿を現す。現在と過去の相関関係が軸となった作品である。同じ作者の「お庭にお花を」は、きちんとまとまっていて、短篇のお手本のような作品である。庭造りをめぐって主人公の両親と妻は対立する。庭造りの対立は、妻と舅・姑との根深い確執の象徴である。だから、この対立から逃げて来た男が、錆びたのこぎりで伐らざるを得ないものは五葉の松だけではないはずである。

## 安住の地はあるのか?

池田良治「極楽図書館」は、自殺した芥川、太宰、金子みすゞが、本を開くと現れて自殺のいきさつを語る愉快な作品。軽妙な物語だが、その芯にたしかな作家論がある。内角秀人「解脱」は、東京とふるさと富山との二つの場所で成り立っている。東京で執拗に新興宗教に誘われ、人間関係に疲れた主人公は、富山に帰郷する。だが、ふるさとも安住の地ではない。そこでも彼は宗教に誘われる。これはまさに四方田氏が言う犀星型ノスタルジアである。究極の心の拠り所が宗教だとすると、東京でも富山でもその勧誘を断り、孤独に陥っても無信教の自由を切望する主人公。その姿は心の寄る辺なき現代人の姿そのものである。

藤野繁「腹いっぱいの馬」は、昭和の富山の広告業界に生きた男の物語である。地方の広告業界に飛び込んで、先輩の薫陶を受け、主人公が成長していく姿がまぶしい。汗臭い昭和の匂いに満ち溢れたリアルな企業小説である。長篇で読んでみたい。深井了「ただ、ただ……」は、主人公の一人称の語りで、心身共に疲れ切った現状から、文字通り、ただただ逃れたい心情が吐露される。主人公が夢見る地は、極楽か、ヨーロッパか、能登か。いずれにしても、今の場所からは逃れたい、しかし、夢見る場所にもたどりつけない、中有に漂う主人公の疲労感が読む者に痛切に迫る。むらいはくどう「幻楼」の主人公は、粘菌。粘菌が自意識を持ち、自らの生殖やその歴史を一人称で語る。動物が、植物が、粘菌が言葉を持っていないと言えるのだろうか。SF小説の設定で浮かび上がるのは、自意識を産むための前提である、言葉とは何ぞや、という大問題である。

## 〈まれびと〉が開ける窓

『檸檬』には4編の小説が載っている。山本栧子「新しい風が吹いてきた」は、息子が大学を中退してから10年間引きこもり、夫も家族と関わろうとしないという閉塞状況に陥っている女性が主人公。その女性を、友人の視点から描いている。アメリカからやってきたアリスという明るい娘が、閉じた世界の窓を開けて、タイトル通り新しい風をもたらす。外からやって来る〈まれびと〉が、煮詰まり淀んだ共同体を活性化するという物語の型を土台にしていて、安心して読める作品となっている。牛嶋恵子「憧れの船旅」は、友人から飛鳥Ⅱでの船旅に誘われる物語。この作品も友人の視点で、主人公の物語が語られる。最後にドキッとする仕掛けがあるが、それより興味深いのは、主人公の女性の恨みつらみの対象が明確に書かれていることである。主人公を50年以上苦しめていた同級生の存在が強烈な印象を残す。悪役を憎々しく描くということはエンターテインメント作品では大事なことである。

加門たい子「誰そ彼どき」は、主人公の女性が、昔、自分を捨てた男性に偶然再会する物語。主人公はその男性の子どもを妊娠までしていたのに、その男は、人妻と駆け落ちしたのだ。現在、主人公は幸せである。自分を捨てた男への愛憎を、主人公は再会によって〈誰ぞ彼は?〉と、振り捨てることができる。その心の縁切りが、さわやかに描かれている。田谷麗子「春告げ鳥」も、主人公が過去から解放される物語である。主人公の夫の友人が40年ぶりに訪ねてくるところから話は始まる。そこから、夫が働き盛りの41歳のとき胃癌で亡くなった記憶がよみがえる。主人公の心には、癌を最期まで夫に告げなかったことが悔恨としてある。夫を欺き続けたその罪の意識から抜け出せないのだ。しかし彼女は、夫の親友と話をするなかで、あれで良かったんだ、と気持ちがほぐれていく。ひょっこり訪ねて来た男が、〈まれびと〉となり、主人公に春をもたらす。

「人間のすべては、過去にある。そして、過去が刻み続けてきた現在で、その人の歴史は止まっているのだ」とは、山田詠美「ファースト　クラッシュ」の主人公である中年女性の台詞だが、小説も大抵は過去と現在で出来ている。過去と現在をどう関係づけるのか、それによって過去と現在をそれぞれどのように意味付けるのか。犀星型ノスタルジアのように、我々は常に揺れ動き、彷徨いながら物語の着地点を探すほかないのかも知れない。α

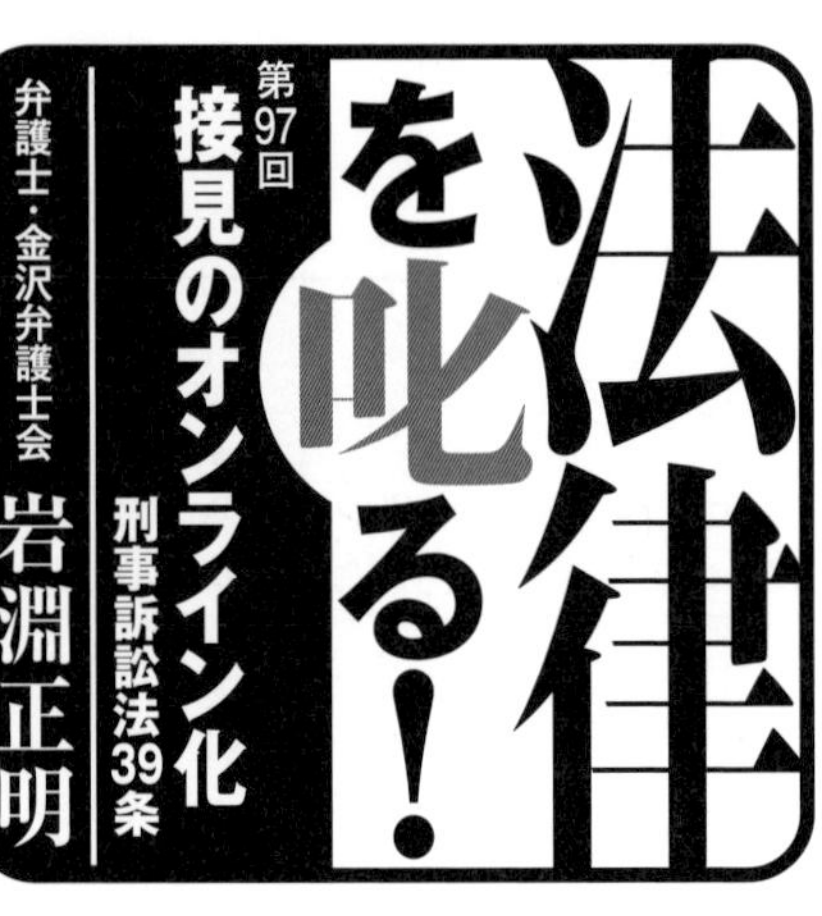


今回は、多くの方にとっては縁遠い話かもしれないが、弁護士として切望する制度を論ずることとする。

身体の拘束を受けている被疑者・被告人にとって、身体拘束の最初から、弁護人の援助を受けることは重要な権利である。憲法34条前段は、弁護人の援助を受ける権利を定め、これを受け刑事訴訟法39条1項は、弁護人が被疑者・被告人と立会人なく面会し、書類の授受をすることができるとする接見交通権を定めている。

特に、逮捕直後の接見は、身体を拘束された被疑者にとって、今後捜査機関の取り調べを受けるに当たっての助言を得るための最初の機会であり、憲法上の保障の出発点だから、これをできるだけ早く行うことは被疑者の防御の準備のために重要である。

ところで政府の法制審議会の刑事法部会では、刑事手続のIT化の議論が進められているが、その中で被疑者・被告人との「ビデオリンク方式」（対面していない者との間で、映像と音声の送受信により相手の状態を相互に認識しながら通話することができる方法）による接見を、刑事訴訟法39条1項の接見として位置付けることが検討されている。

現在のIT化社会では、弁護人が被疑者・被告人とビデオ会議システムを用いて対面したり、電子データ化された書類の授受を行うことは現実的な手段である。

ちなみに、民事の裁判においてもIT化が進展していて、代理人の双方弁護士は事務所で、裁判官は裁判所でそれぞれビデオリンク方式で裁判を行っている。

このような現代の状況下では、オンライン接見も、刑事訴訟法39条1項の接見交通権として認められるものとすべきであり、オンライン接見は、法律上の制度として、制定されるべきである。

もちろん、弁護人と被疑者・被告人との信頼関係をつくるうえでは、オンラインではなく、実際に顔を合わせて会話をすることが望ましいから、対面での接見を原則とすべきであることは当然である。しかし、とりわけ逮捕直後の段階においては、突然身体を拘束された被疑者が要請をした直後に、弁護人あるいは弁護人となろうとする者から黙秘権の意義や今後の手続きの流れ・身体拘束の期間等の助言を受け、速やかに弁護人選任届の取り交わしを済ませ、さらに例えば家族や勤務先等の関係各所へ連絡する必要があり、離れていても可能なオンライン接見は、被疑者の防御権を実現する制度として、極めて重要な意義がある。

また、起訴後に被告人が遠隔地にある刑事施設に移動することもあり、このような場合、地理的な要因によって起訴後の接見が困難になることがある。石川県内でも、例えば金沢市内の法律事務所から七尾市にある留置施設や拘置所まで片道約1時間30分の時間がかかり、当番派遣や初回接見、受任後の接見において遠距離移動を余儀なくされている。特に冬場は、大雪の影響で数日にわたり接見を行うことが著しく困難な事態も生じている。このような場合にオンライン接見の必要性は極めて高い。

オンライン接見については、捜査機関側から、実施設備に伴う人的・経済的コストの負担や、なりすましの危険がある等の問題が指摘されている。しかし、新たな設備の整備等に伴い人的・経済的コストが増えるのは、令状手続きのオンライン化をはじめとする刑事手続きのＩＴ化全般に言えることであり、捜査機関側の制度ではできるのに、被疑者・被告人側の防御上の制度の局面ではできないというのはおかしい。取り調べ、弁解録取、勾留質問等をオンラインで行うことも具体的に検討されているが、それが可能であれば、オンライン接見も可能なはずである。

是非ともオンライン接見を法制化するべきである。α

# マスコミ時評

◆北國新聞社◆
論説委員会から

安倍晋三元首相の死を巡る議論や論評が、銃撃事件から1年以上を経てなお絶えない。一周忌に際して新聞各紙は、改めて民主主義を破壊するテロ行為を糾弾し、事件の教訓を生かして安全で健全な社会づくりを進めようと訴えた。

中には相変わらず安倍政治批判に終始する社説もあったが、「安倍氏暗殺」の衝撃が冷めやらぬうちに、現職の岸田文雄首相が襲撃されたこともあり、テロ報道の在り方についてメディアに反省を迫る論考も目についた。

## ●英雄視される山上被告

選挙の応援演説中、銃弾に倒れた安倍氏の非業の死に社会は騒然とし、新聞やテレビ、ネットメディア、SNS（交流サイト）は関連ニュースや真偽不明の情報、意見であふれかえった。まさにメディアスクラム（集中的過熱報道）というべき様相を呈した。

殺人罪で起訴された山上徹也被告は、世界平和統一家庭連合（旧統一教会）への母親の高額献金で家庭が崩壊した、として教団に深い恨みを抱き、教団とつながりを持つ安倍氏を狙ったという。このため、メディアの関心と批判の矛先は、被告の不幸な境遇と旧統一教会、教会と関係のある政党・政治家に向けられた。

「宗教2世」という新語まで広がる中で、被告に対する同情論が高まり、英雄視する人たちも現れた。手製爆弾で岸田首相を襲った容疑者の動機や背景は十分に解明されていないが、事件前のSNS上には、「和歌山で岸田が街頭演説するそうだ。山上二世頼むぞ俺達を救う英雄になれ」と、襲撃をけしかけるような書き込みが見られたという。

安倍氏殺害の犯罪行為を「世直しとして機能した」などと評して

容認する、一部のリベラルとされる知識人らの発言がネットやテレビを通じて広がった影響も大きい。山上被告を擁護し、英雄視する空気が、メディアを通して醸成される中で岸田首相襲撃事件が起きたのは確かである。

テロや危機管理の専門家らは、山上被告による安倍氏殺害を明白なテロとみなし、「テロリズムとメディアの共生関係」の可能性も指摘する。メディアの連日の批判報道で旧統一教会は社会的制裁を受け、不当な寄付勧誘の被害者を救済する新法も制定された。安倍氏を銃撃した山上被告の狙いが、旧統一教会に痛撃を与え、自分と同じ立場の人たちを助けることにあったとすれば、その目的はメディアのテロ報道を介して実現したことになる。

## ●テロ報道の使命と課題

テロリストの訴えがメディアを通して社会に広がり、同調者が出る危険性を防ぐため、海外ではテロ報道の在り方を見直す動きも見られるようになった。

ニュージーランドで2019年、イスラム教の礼拝所が襲撃され50人が死亡した時、当時のアーダーン首相は、テロの目的の一つは悪名をとどろかすことにあるとして「今後、犯人の名前を口にしない」と宣言した。これに呼応してメディアの間でも、必要なとき以外は実名報道を避ける動きが広がった。さらに裁判の報道では、公判が過激思想の宣伝に利用されないようにするため、主要メディアは共通のガイドラインを設けて報道内容を自主規制した。

このテロ事件は、銃乱射の映像を犯人が自らSNSに配信する異様さで、同国の主な放送メディアは、社会的影響に配慮して動画の使用を控えたという。ニュージーランドの例を一般化することはできないが、テロ報道の在り方を考える上で示唆に富む。

テロに限らず、重大事件の動機や背景、社会的要因を究明することは、ジャーナリズムの使命と言える。再発防止のためにも欠かせないことだが、テロ報道が過熱するほど犯人の言い分を世に拡散させるジレンマがあり、結果として模倣を誘発する危険性があることを忘れてはならない。

（論説委員・堀喜代治）

小説

# 萩がこぼれる

八木　しづ

古びた風情の小料理屋だった。暖簾も年季が入っており、紺地に白で『はぎ野』と染め抜かれている。

大きめのボストンバッグを提げた梶本孝忠は数分前に『はぎ野』に到着した。以来、暖簾の前で立ち尽くしている。幾度かは暖簾の下の引き戸に手を伸ばしかけたのだが、どんな顔で店に入っていけばいいか分からない。

尚も逡巡していると内側から戸が開いた。

「あら。いらっしゃいませ」

女将だろうか、小柄でふっくらした女が出てくる。全く見覚えのない女で、梶本の頭が一瞬真っ白になった。『はぎ野』は知り合いが一人で営んでいる筈なのだが。

「あの。ここ、間違いなく『はぎ野』さんですか？」

「はい、小料理屋の『はぎ野』です」

「そうですよね」

数秒、梶本は言葉を探した。

「待ち合わせなんですが、いいですか？」

「もちろん。どうぞ」

女将に促されて中に入る。梁も柱も年月を吸って黒光りしていた。客席はカウンターが五つと小上がりが二つ。客の姿はない。

カウンターには濃紺の花瓶があり、枝垂れた花が活けられていた。枝の先端から沢山の花枝が飛び出し、赤紫の蝶形花が房を作っている。

「萩です。萩の花」

カウンターの中から女将が言う。

「お店の名前の由来にもなってて。そこらじゅうに生えてるから、時々切ってくるんです」

「来る途中にも見かけました」

「でしょう？　田舎だから、自然だけは豊かなんです」

「いい所ですね。空気も景色も綺麗で」

花瓶の傍の席に座り、ボストンバッグを置く。それを見て女将が尋ねた。

「ご旅行ですか？」

「あ、出張です。長期の」

「お寂しいでしょう。お客さんもご家族も」

「はは。若い奴らはともかく、僕ら世代の父親は煙たがられるだけです」

「そんなことないですよ。けど、確かに若い人たちは変わりましたね。こんな田舎でもベビーカーを押すパパさんを見かけます」

鍋を開ける音と共に出汁の香りが立った。「どうぞ」とつきだしの小鉢が供される。舞茸と人参のきんぴら。まぶされた炒りごまと旬の舞茸の香ばしさに梶本は目を細めた。

「酒が欲しくなる」

「お付けしますか？」

「いえ、待ち合わせ相手が来てからにします。烏龍茶ください」

他にも品書きの中からふろふき大根とあんかけ真薯を注文する。まず烏龍茶の瓶が出てきて女将が注いでくれた。加乃子と名乗った彼女に梶本は尋ねた。

「ここ、女将さんがお一人で？」

「はい。前の女将からお店ごと譲り受けまして」

加乃子は天井や壁を見やって苦笑した。

「古いでしょ。できるだけ手は入れたんですけどね」

梶本もつられるように店内を見回した。確かに壁紙や座布団が新しくなっているし、レジ横にあった招き猫は姿を消している。もはや梶本の知っている『はぎ野』ではないらしい。

待ち人は来ない。


梶本が初めて『はぎ野』を訪れたのは七年前の五月だった。ゴールデンウィークが終わり、空の青がくっきりし始める季節。夏を予感させる陽射しの下で艶やかな躑躅が盛りを迎えようとしていた。

梶本は四月に引っ越してきたところで、五月のこの日は予定がなかった。といって単身者用の狭いアパートにいる気にもなれず、そのくせどこに行けばいいのか分からない。ちなみに梶本は無趣味というわけではなく、同年代の男たちと同じように釣りやパチンコくらいは嗜む。しかしこの辺りは山の近くなので田んぼや畑しかない。

萎れた気分でそぞろ歩くうちに陽が暮れ、『はぎ野』を見つけた。こういう店が一見客を受け入れてくれるかどうか分からなかったが、思いきって暖簾をくぐることにした。

「いらっしゃいませ」

カウンターの中で当時の女将が立ち働いていた。すらりとした長身を割烹着に包み、手元の鍋からはほのかな出汁の香り。温かな空気が店内に満ちていて、梶本は思わず深呼吸した。こんなにゆったりと息を吸えたのはいつ以来だろう。

「初めてなんですけど、いいですか?」

「もちろん。お好きなお席へどうぞ」

他に客はおらず、梶本はカウンターの端に座った。壁の品書きの中から茶碗蒸しと若竹煮を注文する。空腹だったわけでもないのに、いざ食べ始めると食欲が力強く目を覚ました。質量のある温かさがお腹の底に積もっていくのが心地良く、二品ともあっという間に平らげてしまう。

追加で鰯のみぞれ煮と瓶ビールを注文すると女将が目を丸くした。しかし余計なことは言わずにビールとグラスを出してくれる。梶本は照れ隠しのように苦笑した。

「今日初めての食事なので」

「そうだったんですか。どうぞ」

女将がビール瓶を手にし、梶本はグラスで受けた。一気に飲み乾せそうだったが半分ほどでやめておく。しかし結局我慢できずにグラスを空けてしまった。

「飲まれるほうなんですか？」

女将が二杯目を注ぐ。

「そうでもないです」

梶本はまたグラスを傾け、今度こそ半分残した。その後は手酌で少しずつ飲み、瓶が空になったところで会計をしてもらった。一人暮らしのアパートに帰り着いてもお腹は温かいままだった。

「ご出張か何かですか？」

週末ごとに『はぎ野』に通うようになったある晩、女将にそう尋ねられてぎくりとした。たまたま他の客が引けて、彼女と二人きりになったタイミングだった。

「どうしてです？」

「イントネーションが少し違うなあ、と。初めはご旅行かと思ったんですけど、長くご滞在だから」

「やっぱりばれましたか。単身赴任なんです」

言い、梶本は「いや」と目を伏せた。ビールグラスに口を付け、二口ほど飲む。既に酔いが回り始めている。

「家出をね、したくなって」

「はい？」

「蒸発っていうんですかね。仕事も家も……何もかも嫌になった」

「ご家族は？」

「妻と、子供が二人。娘と息子です。昔は知らなかったんですが、家庭ってのは女と子供のものなんですよね。会社も、僕がいなけりゃいないでどうにかなる」

初めからこれを打ち明けたくて『はぎ野』を探し当てた気がする。しかし言い終わった後に湧き上がったのはちょっとした苦さだった。吐き出したほうはすっきりしても聞かされたほうは戸惑うに違いない、と。

案の定女将は黙り込み、「ちょっと失礼します」と言い置いて外に出た。途端に、やけに甘くて湿った夜気が梶本の所まで流れてくる。雨でも降り出したのだろうかと目をやると、女将が暖簾を外しているのが見えた。梶本は慌てて腰を浮かせた。

「もう看板ですか？」

「いえ、今から貸し切りです。雨だから、もうお客様は来ないでしょうし」

女将は手早く暖簾を仕舞い、戸口から顔だけ出して夜風の香りを嗅いだ。

「躑躅ももう終わりですね」

「ああ。躑躅の匂いだったんですか」

梶本も立って行って外を見る。いつから降り出したのだろうか、暗闇が小糠雨で白っぽくなっている。女将が梶本を振り仰いで「じきに梅雨ですね」と笑った。頬に浮かぶえくぼを見ながら、季節がまた進もうとしているのだと梶本は気付いた。

ほどなくして紫陽花が色合いを深め、擬宝珠が日陰で花茎をもたげる。梶本は雨を口実に『はぎ野』に長尻するようになり、女将のプライベートを少しずつ知っていく。彼女の名は常葉といった。古めかしい名前だが、おっとりした彼女に合っていると梶本は思う。常葉は一度結婚しており、夫とは死別したそうだ。以来一人で『はぎ野』を切り盛りしている。忙しい時はどうするのかと訊くと、同じ市内で店をやっている親戚が手伝いに来てくれるとのことだった。常葉のほうも親戚の店を手伝うことがあるらしい。

半夏生の葉が白く粧う頃には常葉と外で会うようになった。といっても観光スポットがあるわけでもないから公園や野山を散策するだけだ。常葉は花を見かける度に名前を教えてくれた。道端の、米粒ほどの花しか付けていない雑草でも名を知っているので梶本は感嘆した。

「詳しいんだね」

「子供の頃から田舎暮らしだから」

「生まれはこの土地？」

「ううん、信州の山の中。何度か引っ越したけど、全部田舎だった。梶本さんは？」

「僕は生まれも育ちも東京。こういう景色、ずっと憧れてた」

新鮮な空気を全身に行き渡らせるように深呼吸する。風はまだ湿気で重いが、降り注ぐ陽は真夏の激しさを振り撒き始めている。

「いい土地だね」

「そうねえ」

常葉はふと遠くに目を投げ、目を細めた。

「狭い町だから煩わしさはあるけど、気候は穏やかだし。それに、秋になると萩が綺麗」

「もしかして、お店の名前の？」

「そう。こういう花」

常葉がスマートフォンで画像を見せてくれる。しなやかに垂れた枝と赤紫の小花の房。梶本はまんざら世辞でもなく言った。

「綺麗だね」

一緒に見たいねと言いかけ、慌てて呑み込む。それを誤魔化すように画像に顔を近付けた。

「似た花をどこかで見たな」

「マメ科だからあちこちに。カラスノエンドウとか」

「ああ、そうかも。蝶みたいな形だね。散るところも綺麗だろうな」

「萩はこぼれるの」

「こぼれる？」

「萩や梅の散る様子をこぼれると言うのだって。少しの風でほろほろと落ちてしまうから」

「はあ……」

萩のこぼれ方を想像し、梶本はしみじみと呟いた。

「風情があるね」

「そんな大袈裟なものじゃないけど」

常葉はころころと笑った。

「秋になったら一緒に見ましょう。どこにでも咲くから」

梶本は「うん」と生返事をした。秋になる頃、自分はどこで何をしているだろうとつい思ったのだ。

途端に足取りが重くなる。

会社のことを考える。家庭のことを考える。どちらも、恐らく梶本なしで支障はない。だからといって今のままというわけにもいかないことは分かっている。

いつの間にか道は九十九折りの上りになっていた。梶本も常葉も何度か立ち止まり、ふうふう言いながら顔を見合わせて苦笑する。どうにか上りきったところは丘陵公園になっていて、適当なベンチに並んで座った。弁当を作ってきたのだと常葉が言い、持参した保冷バッグを開く。重箱が現れて梶本は目をみはり、中身を見てまた目を丸くした。稲荷寿司、出汁巻き玉子、アスパラと人参の鶏肉巻き、里芋の煮っ転がし、お新香などが彩り良く詰められている。

一口、また一口と味わいながら妻のことを思い出す。妻はもう何年も夕食を作っていない。せめて子供たちには手料理を食べさせてやりたくて、梶本が魚を釣ってきて調理しようとしたこともあった。すると妻は「台所を汚さないで」と激怒する。梶本は自宅での食事を避けるようになり、いつからか子供たちも家では食べなくなっていた。中学三年生の娘は高校受験のために深夜まで塾通い。中学一年生の息子は友達が多いのでいつも誰かの家を溜まり場にしていたようだ。ようだ、というのは息子のことをよく知らないからである。実を言えば娘のことだってあまり知らない。娘の志望校がどこなのかさえも。

こんなことを会社で言うと若い部下たちは軽蔑と軽侮を浮かべるのだった。「昭和のおじさんですね」とか「企業戦士ってやつですか」とか。その度に梶本は「そうかもなあ」と愛想笑いだけを返す。若い者とは話が合わない。覇気のない顔をして、仕事も覚えぬうちからプライベートばかり重視し、結婚すれば妻の言いなりで家事をする奴ら。

きっと時代が変わったのだろう。会社も家庭も、男も女も——もしかしたらこの世界自体が——梶本の知らない代物になってしまった。あるいは梶本が世界から置き去りにされただけなのか。

「美味しい?」

常葉が訊く。梶本は「とても」と肯き、口直しのお新香に箸を伸ばす。風が吹いて首筋の汗をさらった。なんだか、時間の歩みをひどくゆっくりに感じる。自分と常葉だけが浮世とは別の世界で過ごしている気さえする。

もしかしたら常葉も常葉で世界から取り残されていたのかもしれない。『はぎ野』の常連客は二言目には常葉への縁談を持ち出すし、中には「俺の後妻に入ってくれ」と口にする老爺さえいた。それら全てを常葉は笑顔でかわしていたが、梶本と二人の時は疲れたような横顔を見せることがあった。その度に梶本は地方で暮らす単身女性の息苦しさを想像し、感情がますます常葉へ向かうのを自覚した。梶本と常葉は似ていた。孤立しているわけではない、けれど寄る辺と呼べる場所もない。そんな人間同士で荒れ野に立っている気がして、週末ごとに彼女と時間を共有した。こんな日が続いていくと思っていたし、こんな日を続けてもいいと思っていた。常葉も同じ気持ちだろうとも。

七年経った今はどうだろう。少なくとも梶本はこうして『はぎ野』に戻ってきた。それなのに常葉は『はぎ野』にはいない。どうしてだろうと考え込みながらトイレに入り、用を足した後に手洗い場の鏡でふと自分の顔を見た。もう爺さんだな、と内心でぼやく。

「お客さん、具合でも悪いんですか？」

ノックと共に加乃子の声。考え事をしているうちに時間が経ってしまっていたらしい。梶本は慌ててトイレの外に出た。

「すみません。髪をいじってました」

「あら。お待ち合わせって、デート？」

「実は、前の女将さんに会いに来たんです」

「あら、まあ」

加乃子の笑みは変わらない。しかしその目の上を冷ややかな色が横切ったように見えた。この女将は常葉と自分のことを知っていると梶本は直感した。

「前の女将さん、常葉さんっておっしゃいましたよね？」

「ええ、まあ。このお店は常葉ちゃんが譲ってくれたんですよ」

女将はにこやかに応じてカウンターの中に戻る。梶本は更に言う。

「僕、梶本といいます。常葉さんとお知り合いなんですか？」

「あたしの旦那が常葉ちゃんの従兄なんです。うちがお店をやってた頃、時々常葉ちゃんが手伝ってくれて」

「常葉さんは今どこに？」

「お約束でもおありなんですか？」

梶本は答えず、ただ顎を引いた。そして口を開く。

「一応は。七年経ったらここに来ると」

「七年」

加乃子は笑みとは違う形に目を細めた。

「随分長いですね」

「そりゃ、事情がありましたから」

梶本は烏龍茶のグラスに口を付けた。瓶から注がれたせいだろうか、鮮烈な苦みがある。

　あの頃、常葉と会っていると別の人間として別の人生を送っているような気さえした。しかし狭いアパートに帰った途端に現実というものの重力が全身を捉える。まず頭に浮かぶのは翌日の仕事のことだ。小さな営業所なので部下たちは東京の本社から赴任してきた梶本を遠巻きにしている。とはいえ出社しないわけにもいかないし、会社に着いてしまえば仕事はあるので気は紛れる。しかし休憩時間に一人でいる時などは不意に妻子のことを思い出してしまう。

　実は、梶本は五月の連休に一度家に帰っている。しかし家庭はすっかり「三人家族」として再構成されたらしく、ひょっこり帰宅した父親はもはや闖入者でしかなかった。妻と子供たちは生活ペースを乱されて不機嫌になり、家の空気がみるみる重くなっていく。「単身赴任が終わるまで帰ってこないで」。連休最終日に妻からかけられた言葉がそれだった。

　だからなのだ。家出したくなったなどと常葉に吐露したのは。家出をしたとまで言ったつもりはないが、家出人として扱ってほしい気持ちがなかったわけではない。だからわざと曖昧な言い方をして解釈を常葉に丸投げした。結果、常葉は梶本のことを家出人と思ったようだった。

もちろん梶本には罪悪感があった。自分は常葉に嘘(うそ)をついている。いいや、何もかも嫌になったというのは嘘ではない。けれど実際に何もかもなげうてる人間はそういないというだけのことだ。梶本もその例に漏れず、つつがなく単身赴任を務めていた。その単身赴任だって半年という短期間だから、十月には帰ることになる。

どうしても常葉に打ち明けることができなかった。朝顔が開いてはしぼみ、やがて蕾(つぼみ)を付けなくなる頃になってもそれは変わらなかった。

淡々と仕事を続けていたある日、昼休みに社員たちが一斉に外に出た。弁当持参組まで出て行くので何事かと思っていると、会社の傍の公園前にキッチンカーが停まっているのが見えた。『舞茸おこわ』というのぼりが立っていて、老若男女が列を作っている。

「毎年、この時期にお弁当屋さんの移動販売があるんです。三日間限定で。メニューは舞茸おこわだけですけど、美味しいからすぐ売り切れちゃうんですよ」

部下にそう教わったので梶本も最終日に列に並んだ。おこわなんて暫く食べていない。それにしても、残暑と呼ぶには暑すぎる日だった。夏の勢力がぶり返したかのようで、梶本は額や首筋を何度もハンカチで拭わなければならなかった。湿っていくハンカチに閉口しつつ、このまま夏が続いてくれればいいのにと心のどこかで思いもする。秋になったら常葉と一緒に萩を見なければならない。その後のことを考えると頭の奥がぼうっとしてしまうのだった。常葉の気持ちが自分に向いていることを悟っているからこそ一歩も動けないのかもしれない。

メニューが一品のみだからか、行列の進みは存外早かった。「ありがとうございましたー、またお願いしますー」。女性店員の声が朗らかに響いている。

梶本の番が来た。

「いらっしゃいませ。あ、少々お待ちください」

小柄な店員はキッチンカーの奥を振り返り、すらりとした調理人に声をかけている。残りを確認しているらしい。それ自体は全くおかしくないのだが、梶本はあっと声を上げそうになった。

「すみません、完売してしまいまして」

店員が頭を下げ、奥から出てきた調理人も「申し訳ありません」と腰を折る。梶本は「あ、いえ」と口ごもって回れ右した。心臓が早鐘を打っていた。あの調理人は常葉ではなかったか。彼女は、家出人である筈の梶本がスーツを着て社員証をぶら下げている姿を見てしまっただろうか。

その晩から雨になった。天気予報によれば秋雨前線が二、三日停滞するらしい。

「雨は土曜日の明け方まで続くでしょう。その後天気は回復しそうです」

テレビで気象予報士が喋(しゃべ)っている。

「咲いたばかりの萩がこぼれてしまいそうですね。それでは次のニュースです」

アナウンサーがそう言ったところで梶本はテレビを消した。

予報通り、空は土曜の払暁(ふつぎょう)までさめざめと泣き続けた。同日の夜になっても梶本は常葉に連絡できずにいた。いつもなら『はぎ野』で飲み食いしている時間帯なのだが。

常葉からも連絡はないまま日曜が終わり、月曜になった。いつも通りの一週間が始まり、何事もなく週末が訪れる。変わった点と言えば梶本の残業が増えたことと、それに比例してアパートの部屋にコンビニ食の空き容器が積み上げられたことだった。

さすがにげんなりし、土曜の夜に思いきって『はぎ野』に行ってみることにした。手作りの料理が恋しいのだと自分に言い聞かせながら。

力なく揺れる芒(すすき)の中、『はぎ野』には平素と同じく明かりが灯(とも)っていた。

カウンターに先客がいた。太った老爺が、禿(は)げ上がった頭を赤くしながら常葉に話しかけている。

後妻に入ってくれと常葉を口説いていた男だ。梶本は常葉に同情したが、次の瞬間小さく息を呑んだ。

「やだ、冗談ばっかり。他の女にも言ってるんでしょう?」

カウンターの内側で、常葉はまんざらでもなさそうな笑い声を上げている。梶本が立ち尽くしていると、常葉がいかにも今気付いたといった風に
「あ、いらっしゃいませ」と微笑んだ。老爺もつられたように梶本に顔を向ける。梶本が軽く会釈すると、老爺も目礼を返して腰を上げた。そのまま会計を済ませ、常葉の肩を馴(な)れ馴れしく叩く。

「また美味い物でも食いに行こう」

「ありがとうございます」

常葉は腰を折って老爺を見送った。梶本は思わず、

「また、って」

と声に出していた。常葉が振り返った。営業用の笑みを貼り付けたまま。その顔を見て、梶本の喉にいくつかの問いがつかえた。あの爺さんと食事に行ったことがあるのか。まさか交際でもしているというのか。

「どうしてあんな爺さんと」

「さあ」

常葉の笑みは崩れない。梶本はカウンターの椅子を押しのけて身を乗り出した。

「どうしてだい。納得できない」

「寂しかったから」

「寂しいって。それだけで?」

「梶本さんにだって分かるでしょう?」

常葉は俯(うつむ)き、やや投げやりなしぐさで包丁を洗った。次いで鍋に火を入れる。

「梶本さんだって同じでしょう。寄る辺がなくて、たまたま優しくしてくれた人にふらっとしただけ」

「そんなつもりはない」。そう言いきってしまえればよかった。代わりに、目を伏せて呻(うめ)いた。

「仕方ないじゃないか」

常葉が黙って顔を上げた。梶本は俯いたまま続ける。

「家庭ってのはさ、嫌になったくらいじゃ捨てられないんだよ」

貴女も結婚経験者なんだから分かるでしょうと言いかけ、さすがにそれは呑み込んだ。しかし今の梶本が身動きできないのは事実なのだ。まず娘の高校受験。息子だっていずれは受験が控えている。そのためにも梶本は仕事と家庭にしがみつかなければならない。

しかし常葉は口調を硬化させて言いきった。

「捨てる人だっています」

梶本は思わず顔を上げた。真正面に常葉の青白い顔があり、みるみる自己嫌悪が込み上げる。家庭がどうとか子供がどうなどというのは口実でもあるのではないか。自分を被害者として正当化するための。

やがて常葉がふっと表情を緩めた。

「いいの。私が馬鹿だっただけ」

彼女の手元で鍋が煮立ちそうになった。コンロの火をしぼり、おたまで中身を混ぜる。

「梶本さんみたいなきちんとした人が何かを捨てられるわけないのにね」

おたまが回る。ぐるぐる。ぐるぐる。梶本は奥歯を噛み、

「申し訳なかった」

とうとう頭を下げた。

「全部嫌になったと言ったのは嘘じゃあない。色々あってあの時は弱ってた。こういう土地で貴女のような人と生きられたらと思ってしまって」

「また、そんな」

「本当だよ。でも今はどうしても駄目なんだ。だから」

「よしてください」

カウンターの中から常葉の手が伸びてきて梶本の肩をさする。梶本が恐る恐る顔を上げると、目と鼻の先に常葉の泣き笑いがあった。

「よくあることです、大人なら。大人なのだし、責めやしません。本当にいいんですよ。もういいんです」

触れられている肩がほんのり温かくなっていくものだから、梶本の心の枷は呆気なく溶け落ちた。

次いでようやく確信する、今のこの温もりより欲しいものなんてないと。それで反射的に常葉の手を掴んで引き寄せていた。常葉がびっくりしたように瞬きを繰り返す。梶本はまっすぐに常葉を見据え、質した。

「萩の見頃はいつ？」

「はい？」

「萩。僕は十月には帰らなきゃいけない。その前に見られるかい？」

「近場だと、お彼岸の頃には」

「じゃ、見に行こう。一緒に」

常葉の手を、両手で閉じ込めるようにして握り締める。常葉はぼんやりとその様を見つめ、やがてのろのろと肯いた。意志があるのかないのか分からないくらい緩慢な動きだった。

台風でも来るのではないかと気が気ではなかったが、幸い杞憂に終わった。しかし季節が季節なので雨はしょっちゅう降る。おかげで一度目に見に行った萩はほとんどこぼれてしまっていた。

次に梶本が時間を作れたのは町を発つ当日だった。

梶本は身の回り品を詰めたボストンバッグを提げて待ち合わせ場所に赴いた。少しでも長く常葉と一緒にいるために、萩を見た後は駅に向かうだけにしておきたかったのだ。しかしボストンバッグを見た常葉は梶本の帰る場所を想像したらしく表情が冴えなかった。

常葉が案内してくれたのは登山道の入り口だった。斜面に沿って萩が茂り、物憂げに枝垂れている。赤紫の蝶形花はいかにも頼りなさげで、風が吹くごとにひとひら、ふたひらとこぼれていく。

二人とも口が重かった。

「見晴らしのいい所はないかな」

気分を変えるように梶本が訊く。常葉は「あるけど」と坂の上の横道を見やった。

「新幹線に間に合わなくなるかも」

「行こう」

梶本は常葉の手を引いて横道に入った。そこは萩がいっとう濃密に生い茂っている区画だった。

小さな蝶形花がしきりに二人の腰や肩をくすぐ

る。風が吹きわたった。よそよそしく乾いた風だった。

萩の群れが左右に傾(かし)ぎ、こぼれたひと花が常葉の髪に落ちた。梶本はそれを手でそっと払った。常葉が顔を上げる。目が合った。逃れようのない至近距離。

不意に常葉が背伸びをし、

「付いてる」

と梶本の肩に指先だけで触れた。肩から摘み取られた萩の花がはらりと地面に落下する。常葉はそれを見届けて回れ右した。

「そろそろ時間ね」

「待って」

横道から出ようとする常葉の手首を梶本がしかと掴んだ。驚いたように振り返る常葉に改めて向き直り、乞う。

「どうか七年待ってください」

常葉は何も言わない。目だけが震えながら見開かれていく。

「下の子が秋生まれで、成人するまであと七年なんです。七年後の今日、貴女を迎えに『はぎ野』に行きます」

常葉は小さく肯いたきり俯いてしまった。梶本は常葉を抱き締めてしまいたい衝動に駆られたが、辛うじて、本当にすんでのところで自制した。ここで彼女の体に触れてしまえば新幹線に乗れなくなると、痛いほど分かっていた。

代わりに常葉に右手を差し出した。常葉もそっと握り返した。

十秒ほど経った。更に十秒。

先に手を離したのは常葉のほうだった。

「そろそろ時間じゃない？」

「うん」

手が離れていき、梶本は常葉に背を向けて歩き出す。しかし追いかけてくる足音はない。怪訝に思って振り返ると、常葉は萩の中に佇んだままだった。

「ごめんなさい。私はここで」

「見送りに来てくれないの？」

「取り縋(すが)ってしまいそうだから」

ごめんなさい、と繰り返して常葉は深々と頭を下げる。梶本は何も言うことができず、思いを振りきるように背中を向けた。途中で一度だけ振り向いてみると常葉は身じろぎもせずに頭を垂れ続けていた。彼女を萩の中に置き去りにしてしまうようで、梶本は思わず「常葉さん」と呼びかけようとする。その声を素っ気なく冷えた秋風が容赦なくさらった。萩が一斉にしなりながら揺らぎ、常葉の姿を掻き消しながらただ次々とこぼれ続けた。


烏龍茶が空になった。

「またどうぞー」

加乃子が戸口まで出て二人連れを見送る。残った客は梶本一人で、夜闇を渡る風の気配だけがあった。店の中にいるのに、よそよそしい肌寒さが皮膚の下まで染みてくる。

「冷えますねえ」

加乃子がカウンターの中に戻ってくる。

「そろそろラストオーダーですけど、追加ありますか?」

「じゃあ、秋刀魚のぬた和えを」

「お飲み物は?」

「烏龍茶ください」

「かしこまりました」

加乃子が秋刀魚を手際よく切り身にし、色鮮やかなわけぎと合わせて濃厚なぬたを絡める。ぷんと立つ酢味噌の香りを嗅ぎながら梶本は屋外の物音に耳を澄ませた。常葉は来ない。

家庭に帰った後、何度か常葉に電話を入れた。しかし何度目かで電話番号を変えられてしまったようで、連絡がつかなくなった。手紙でも出してみようかと迷っているうちに梶本の老親が認知症を発症した。同時期、妻が更年期障害の影響で家族に当たり散らすようになった。高校生になっていた娘は母親を疎んじ、夜の繁華街を徘徊するようになってあっという間に売春を始めた。息子は友人グループとのいざこざが原因で暴力沙汰を起こして補導され、その後一年間登校拒否。それらの対応に追われるうちに何か月も、何年も経ってしまった。

「お待ちどおさま」

秋刀魚のぬた和えと瓶の烏龍茶が供される。梶本は一口ずつ噛み締めるようにして秋刀魚の弾力に歯を立てた。青魚特有の脂に主張の強いぬたがよく合い、滋養の塊みたいな味がする。

加乃子が調理台を拭き始めた。

秋刀魚のぬた和えはあと一切れ。梶本は手酌で烏龍茶を注いだ。グラスに立つ波紋を見つめ、呟く。

「来ないんでしょうか」

すぐ傍で、花瓶の萩がほろりとこぼれた。それに気を取られていると加乃子が淡々と言った。

「七年も経つんですもの」

「常葉さん、僕のことを何か言ってませんでしたか？」

「梶本さんが家庭に帰られた後に一度だけ呟いてました。死んだものと思うことにする、って」

「あんまりだ」

「常葉ちゃんの旦那さんだった人のことはご存じですか。どうして亡くなったかとか」

加乃子の目がじっと梶本を見つめる。話を逸らされた気がして梶本は戸惑ったが、黙ってかぶりを振った。そういえば常葉は前夫の話をほとんどしていない。

「長期の行方不明です。失踪宣告で死亡扱いになりました」

えっ、と梶本は目を見開いた。加乃子が続ける。

「あたしは知らなかったんですけど、民法にそういう制度があるんですってね。人の行方が分からなくなって七年経つと申し立てることができて、家庭裁判所が認めればその人は死んだことになる。前の旦那さんはある日ふらっと家を出て、そのまま帰ってこなくなったそうです。常葉ちゃんはずっと塞ぎ込んでいたけど、七年目に吹っ切れて失踪宣告を請求しました。ともかく」

加乃子は梶本から目を逸らさない。

「死んだも同じなんですよ。七年いなかった人って」

「そんな」

梶本の口の中はすっかり乾いていた。そんな、そんな、と繰り返すだけで他の言葉が出てこない。やがてのろのろと片手で顔を覆い、歯を食いしばった。

「知らなかった」

「だと思いました。常葉ちゃんは自分のことを話すほうじゃないし」

「本当に知らなかったんです」

そう言った途端、鉛でも呑んだように鳩尾のあたりが重くなる。知っていたらどうだったというのだろうと気付いてしまったのだ。知っていれば自分は家庭に戻らなかったのか？

「常葉さんは今どこに？」

「さあ。少なくともこの町にはいません」

加乃子は店先に出て暖簾を外した。手際良く暖簾を巻きながら梶本のボストンバッグに目を留める。

「長期のご出張でしたっけ。何か月くらいですか？」

「さあ」

梶本は困り果てて眉尻を下げ、仕方なく笑った。

「申し訳ない。嘘をついてました」

加乃子が黙って眉を持ち上げる。梶本は烏龍茶を飲み干し、晴れやかに打ち明けた。

「最近、離婚したんです。上の子が高校に受かった時にお祝いの寿司を取って、ウニが美味かったなあと余韻に浸っていたら妻から三くだり半をつきつけられました。一緒に暮らすのは苦痛だ、下の子が二十歳になったら別れましょうって。青天の霹靂ってやつですよ。でもその時ようやく気付いたんです。僕は自分を悲劇の主人公のように思っていたけど、妻には妻の言い分があった。子供たちはクールなもんで、親には親の人生があるでしょなんて言ってましたね。離婚に合わせて会社も早期退職しました。目をかけてくれていた上司がだいぶ前に失脚して、僕も閑職に回されましたから。慰留なんてされませんでした。それで手荷物だけ持ってここに来たわけです」

色々なことが起こりすぎて、何のために生きてきたのか分からなくなった。この先何のために生きていけばいいのかも。砂を噛むような日々の中、梶本の心が向かう場所はあの横道の萩しかなかった。常葉。常葉。萩の中で待っていてくれる常葉。

十年、いや十五年経とうと梶本は『はぎ野』に来ただろう。常葉の存在を葬ることなどできなかっただろう。身勝手であることも一種の自己憐憫(れんびん)であることも知って尚。

加乃子は黙ったままだった。暫(しば)し梶本を見つめ、問う。

「色々あったんですね、と言えばよろしいですか」

「色々あったのは常葉さんもでしょう」

「まだお待ちになるんですか?」

「二十四時までは」

「じゃ、一本お付けします」

加乃子が日本酒の瓶を取り出す。梶本は初めて相好を崩した。

「ぬる燗(かん)ください」

風もないのに再び花瓶の萩がこぼれた。加乃子が「どうぞ」と徳利(とっくり)を差し出す。一献、また一献。

その間にも不規則に花がこぼれる。萩が泣いているようだと、酔い始めた頭で梶本は思う。

日付が変わろうとしている。

**八木しづ**(やぎ・しづ)
1984(昭和59)年、宮城県生まれ。金沢市在住。

小説

# 黄金の左

内山　純

『しにさい』

北畠照平は、小学生サッカーチームの付き添いで来た横浜市営運動場の隅で丸まった紙を拾い、何げなく広げてみて驚いた。

落としたのは、たった今走っていった少年、下条守だろう。目を凝らすと、すでに運動場を出て米粒ほどの大きさになっている。四十歳を過ぎても体力には自信のある照平だが、チーム内でも俊足を誇る小学生を追いかけるには少々遅すぎた。

再び紙片を見つめる。

「た」の文字が逆さまになった〝しにたい〟のエンピツ書きは、本人の気持ちを表すかのように歪んで見えた。

照平が昼過ぎに自宅マンションに戻ると、咲妃が介護施設の夜勤明けですでに帰っていて、大好物のカレーをぱくついていた。

「ショーちゃん、おかえり。早かったのね」

思わず照平の顔が緩む。妻はいつも美味しそうにご飯を食べる。見ているこちらまで幸せになるのだ。

照平もカレーをよそったが、その足で冷蔵庫に近寄る。

「明日休みだよね。ビール飲まない？」

「いいけど」

小柄な咲妃は、リスみたいに首をかしげた。

「ひょっとして、また負けた？」

よくわかっていらっしゃる。サラリーマンの照平が土日にコーチをしているチーム〝シーガル横浜〟の低学年クラスは、目下のところ連敗中だ。

照平はむっつりと答えた。

「０対２」

咲妃は、これ以上悲しいことはない、という表情でうなずいてくれた。

「今日の相手、強かったの？」

「〝大倉ＳＣ〟は強豪チームだな。三年の室田ってのが、身体が大きくて突進型でさ」

照平はビールを飲みつつ本日の試合展開を語った。咲妃はサッカーに詳しいわけではないが、うんうんと楽しそうにうなずいてくれる。

いい奥さんだ。

照平は心の底からそう思っている。くりくりした目と大きく凹んだ頬のえくぼを見ていると安心し、つい情熱的に語ってしまう。

「前半はお互いに攻めたり守ったりでいい勝負だったんだ。シュートを五本打ったけど点は取れなくて、後半の始めにマモルがパスでミスって……」

ふと、先ほどのメモを思い出した。

「どうしたの？」

「いや、たいしたことでは」

彼女はグラスを空にすると、じっと見つめてきた。

「気になることがあるんじゃない？」

そう言われると、素直に先ほどの紙片を出してしまう照平だった。

文字を見つめ、咲妃は顎を引いた。

「マモルくんは二年生だっけ。足が速くてシュートがうまいのよね」

「技術力が高くて、左右どちらの足でも蹴ることができる器用な子なんだが」

マモルがせっかくボールをうまく運んだのだが、パスの際に敵に奪われてゴールを決められ、その後は最後まで立て直せずに負けてしまった。

「マモルのミスがきっかけだったのは事実だが、むしろその後、チームの空気が悪くなったのがいけなかったんだ」

「自分のミスのせいでチームがギスギスしちゃったのなら、それはそれで落ち込むわよね」

「それで『しにたい』とまで思うのかな」

「子どもは〝死ぬ〟ということに実感がないから、安易に使ってしまうのかも」

咲妃は紙のシワをていねいに伸ばした。

「それに、もっと以前に書いてたまたま持っていたってこともあり得るわ」

今日の試合が原因とは限らないということか。

照平は、念のためマモルの母親に『試合に負けて落ち込んでいるかもしれないので様子を見てほしい』という内容をメールしておいた。


翌日の月曜日、照平が昼休みに携帯を覗（のぞ）くと、マモルの母親から返信が来ていた。

『ご相談したいことがございます。至急お会いできないでしょうか』

なにかあったのだろうか。平日夜か土日の午後のどちらかで、と連絡すると、今夜でもいいかと返ってくる。休みで家にいる咲妃に、夜にマモルのお母さんと会うつもりだとメールするとすぐに返事が来た。

『家に連れてくれば？　大事な話みたいだし』

『じゃあ、そうさせてもらってもいいかな』

咲妃の返信はひとことだ。

『じゃまない』

思わず微笑む。

〝じゃまない〟は金沢弁で〝大丈夫〟という意味だ。照平の母が金沢市出身なので、照平も知っていてたまに使うのだが、咲妃も気に入っており、絶妙のタイミングで出してくる。

照平は子どもと関わるのは慣れているが父兄と

話すのは少々苦手にしているので、咲妃が立ち会ってくれるのは心強かった。

　同時に、少しだけ不安もあった。

　結婚して九年経つが二人には子どもがいない。

「サッカーチーム分、ってのは冗談だけど、三人は欲しいな」と言うほど互いに望んでいたが、五年経ってもできず、調べてみると咲妃のほうに原因があるとわかった。照平もむろんがっかりしたが、彼女はひどく落ち込み、一時期は引きこもりのようにまでなった。

　やがて、咲妃は高齢者をケアする仕事に生きがいを見いだし、照平も大好きなサッカーを通じて地域の子どもたちを見守ると決め、二人は再び明るい人生を取り戻した。

　咲妃の仕事は土日にもシフトが入るので、週末ごとの照平のサッカー活動を見に来る機会は少ない。たまに休みがとれても彼女から行きたいと言ってくることはなく、照平もあえて誘わなかった。元気に走り回る子どもを見るのが辛いのでは、と気を回してしまっていたからだ。

　息子の相談をしにやってくる母親に、咲妃はどんな気持ちを持つのだろうか。

　その晩は九月とはいえまだ蒸し暑かった。開け放たれたリビングの窓から時折そよりと入る風が、少しだけ夏の終わりを感じさせた。

　マモルの母、下条里美は咲妃や照平と同年代の四十歳前後だろう。今どきのきれいなお母さんらしくメイクや服装に気を使っているように見えるが、目の下のクマは色濃く、引き結んだ唇は蒼白い。

　咲妃は応接セットの里美に紅茶を出すと、さりげなく食卓の椅子に座った。広くもないリビングダイニングなので会話は丸聞こえだ。里美は咲妃を気にする様子もなく、眼前の照平に向かって話し始めた。

「マモルは最近、サッカーの時、集中力に欠けているんじゃないでしょうか」

　いきなり切り出され、照平は戸惑った。

「お母さんのほうで、なにか心当たりが?」

「実は学校の担任から、勉強が遅れていると指摘されたんです」

　里美は怒っているようだ。ひょっとして、勉強の遅れはサッカーのせいだと言いたいのだろうか。

　じっくりと思い起こす。

　マモルの入会は昨年の冬で、同じ小学校の同級生や先輩がいたこともあり、比較的スムーズに溶け込んでくれた。俊足で器用で、走り込んで自らシュートを放つことが多い。スター性のある子だ。

　照平は慎重に答えた。

「真面目に練習に取り組んでおり、集中していない、ということはないです」

　里美の手は震えていた。感情が昂ぶっている様子だ。

「そうですか。でも、確かに勉強は遅れているんです」

　マモルは幼児のころからおとなしく、手間のかからない子どもだったという。ただ、友達とのコミュニケーションは少々苦手だった。

「昨年秋に他県から転校してきたので馴染めるか心配していたんですが、サッカーに興味を持ってくれて、シーガル横浜に入った時には私も主人も喜びました。サッカーを通じてお友達との交流が増えるに違いないと」

　実際に目に見えて明るくなり、サッカー仲間の名前がよく聞かれるようになった。かといって勉強をおろそかにすることもなく、決められた時間にきちんと宿題もしていたという。

「でも最近、授業についていけなくなったんです。算数はまあまあわかっているようですが、国語がかなり遅れてしまっていて……」

　再び気持ちが昂ったのか、ティーカップを持ち上げると一気に飲む。

　若い女性担任は里美にこう訴えたという。

　――他のお子さんが『おまえは頭が悪い』とか『遅れている』などとはっきり言うこともあり、マモルくんは傷ついていると思います。私も授業以外で教えてみたりしていますが、すぐに気が削がれて集中できないように見えます。やはりお母様の指導が大切です。もっとケアしてあげてくだ

さい

「まるで」里美の声はとげとげしい。「私がマモルをほったらかしているみたいな言い方を」

照平はチラリと咲妃を見た。彼女は一度ぱちりと瞬きをする。黙って聞いてあげて、という合図のように思え、里美が再び話しだすのを待った。

「……私は、時短ではありますがマモルの出産以前に勤めていた会社に復職しており、下の子はまだ五歳なので、確かに忙しいです。でもマモルに手を抜いているつもりはなくて、ちゃんと毎日勉強を見ています。なのに主人からも『仕事復帰は早かったんじゃないか』と責められて、一昨日の夜は、言い合いしているところをマモルに見られてしまいました」

里美は言葉を吐き続けた。

「そうしたら昨日の朝、マモルが『今日はサッカー休もうかな』なんて言い出したんです。私たちのケンカのせいかと思い、問いただしたら」

——失敗するから行きたくない

「失敗するから？」

「サッカーだけはいつも楽しそうに通っていたので驚いたんですが、昨日は私もやらなければいけない雑用が溜まっていたので『失敗してもいいから頑張りなさい』と半ば強引に送り出したんです」

彼女は大きなため息をついた。

「そうしたらコーチからメールをいただいたので、サッカーでも集中できていないのかと心配になって」

照平は食卓を見た。例のメモが置かれている。咲妃は小さくうなずいた。照平は、彼が落としたであろう紙片を里美に見せた。

「マモルの字です」彼女は唇を震わせた。「また間違えてる」

左右逆の「た」のことだろう。

項垂れる母親になにか言ってやりたいが、照平は言葉が見つからない。

咲妃がすい、と立ち上がり里美に近づいた。

「紅茶もう一杯いかがですか？」

咲妃がポットでお代わりを注ぐとダージリンの香りが湧き立った。里美は少し落ち着きを取り戻し、ふうっと息を吐く。

「こんな相談、ご迷惑ですよね。でも、ママ友にはなんだか話しにくくて。マモルが誰から『頭が悪い』と言われているのかわからないですから」

照平は考えを巡らせ、ゆっくりと話しだした。

「マモルくんはこのところ試合にレギュラーで出る機会が増えましたが、見ていると、少し慎重すぎると感じることがあります」

「慎重……ですか」

「彼は、自分でシュートする時は思い切りがいいんです。それは見事なゴールで、ほれぼれするほどです」

里美の顔が少しだけ明るくなる。

「ただ、相手からボールを奪ってドリブルしていく時、時々迷っているように見えることがあります。『もっと右に』とか『左サイド、ユウイチいるぞ』とか言っても、パスができない」

里美の顔が曇る。

「指示を聞いていないんですか」

「あるいは、自分で持ち上がったほうが確実だと思っているのかもしれませんが」

「協調性がないってことかしら」

里美は思い詰めたように顔を上げた。

「なにか問題があるってことではないですよね」

「問題？　チームの中に、ですか」

「いえ」顔を下げる。「マモルに、その……発達が遅れている部分とか」

「私はそのへんはまったくの素人ですが、彼にそのような雰囲気はないと思いますが」

里美は肩を落とす。少し安堵(あんど)しているようでもある。

「そうですよね。担任の先生がそんなニュアンスのことを言ったものですから、不安になって……やはり、私がもっとしっかりしないといけないですね」

照平が引き続き注意して見守ると約束すると、里美は何度も頭を下げて帰っていった。

次の土曜日、照平は少し早めにグラウンドにやってきた。一人で準備体操をしていると子どもたちが次々と加わってくる。

いいチームだ。監督は照平よりも三歳年上の塾講師で、インターハイでベスト8を経験している男性だ。照平は主に低学年を担当しているが、監督が多忙なため、全体の準備体操や基礎練習なども率先して行っている。

照平は普段は優しくひょうきんなところもあるが、サッカーに関してだけはめちゃめちゃ厳しいコーチとして周知されている。準備体操で少しでもふざけているとランニングが二周増えるので、子どもたちは真剣に取り組むようになった。

照平は繰り返し伝えてきた。

きちんと挨拶する。年上を敬う。だが試合では相手が何年生だろうと闘志をむき出しにして攻める。アンフェアな行為はしない。汚い言葉も使わない。

やんちゃな子たちだが、照平の教えは少しずつ浸透していると感じていた。もしチームの中でマモルを悪く言うメンバーがいたらきっちり話し合ってやる、と照平は目を光らせていた。

「ショウヘイ〜」

グラウンドの端から妙に明るい声が飛んできた。小柄で細っこい女性が大きく手を振っている。横には咲妃もいた。照平は走り寄る。

「母さん、来てたんだ」

「なかなかサマになってるじゃないの」

照平の母、歌子は目尻にシワを作って豪快に笑った。肩までのボブヘアはいつも前髪をきっちり切りそろえているのだが、今日は一段とまっすぐで、しかも少々切りすぎた感じで眉毛がまるまる見えていた。六十代後半なのに、お転婆な少女みたいな雰囲気を今も醸している。

「今日は午後から国技館なんだけど」

母は大の相撲好きだ。

「行きがけにちょっとお宅に寄ろうかと咲妃さんに連絡してみたら、あなたのコーチ姿が見られるって言われてね」

照平の両親の家は、彼の住まいから車で二十分ほどのところにある。

「咲妃さん、割と土日も出勤でしょ。今日がお休みだってわかってたら、お友達じゃなくて咲妃さんをお相撲に誘ったのに」

「残念です。今日は急にシフト変更があってお休みになったんですよ。次回はぜひ」

「咲妃さんは宇良のファンなんでしょ。彼のお相撲は本当に楽しいわね」

介護施設の入所者は相撲好きが多いので、咲妃も自然に詳しくなっている。

「お義母さんは遠藤ファンですよね。なにしろ石川の星ですから」

「もちろんよ」母は鼻息荒くうなずく。「でも、お相撲さんといえばやっぱり輪島だわ。本当に強かったのよ」

「輪島って、プロレスラーだったあの人ですか」

「相撲引退後はそうだけど、立派な横綱だったのよぉ〜」

サッカー観戦で相撲談義か、と照平は苦笑しつつ、監督がやってきたのでグラウンドへ戻る。

マモルも来ていた。いつもと変わらない様子だ。おとなしい子なので、集合前に他の子とじゃれあうようなことはいつもない。

が、注視していると、今日はことさら動きが鈍く、後ろのほうでぽつねんと立っている。

そっと咲妃を見る。ひょっとしてマモルのことが気になったから、母をここへ連れてきがてら様子を見ようと思ってくれたのかもしれない。

それは、低学年クラスを半分に分けて紅白戦を行った時に起きた。

マモルが敵チームからボールを奪い、前に進んだ。

「パス！」

右側にいたケンゴウが手を振るが、そこには敵のディフェンス。反対側からユウイチが駆け上がる。

「マモル、左だ！」

が、彼は自分で突き進んだ。敵のディフェンス二人に囲まれ、あっさり取られる。

照平はジリジリしながら見守った。

再びマモルがボールを持つ。いいぞ。

「右サイドからユウイチ来るぞ！」

照平は大声で叫ぶ。

しかし彼はそこで固まってしまった。どうした、なぜ動かないんだ。

味方のユウイチが苛立ちをあらわにしてマモルからボールを奪い取り、駆け出していく。

小学生だから夢中になっていて声に気づかないことはままある。だが、こうして見ると、このところそんなミスが顕著な気がする。試合前に連係プレーについて話すとちゃんと理解しているようだが、いざ試合中に声をかけられると、とっさの判断ができなくなるのかもしれない。


練習あがりにマモルを呼んだ。怒られるとでも思ったのか、彼は下を向いて肩を落としている。

「どうだい、このごろ」努めて明るい声で話しかける。「なにか困っていることはないかな」

返事はない。

グラウンドに隣接する緑地公園からはミンミンゼミの大合唱が聞こえている。まもなく終わる夏と自らの命が尽きることを惜しむかのように、彼らは鳴き続けた。

照平は、そっとメモを差し出す。

「君だよね」

マモルはぴくりと身体を震わせた。小さな額に細かく浮いた汗が、今にも流れ落ちそうだ。

「悩んでいることがあったら話してくれないか。嫌なら誰にも言わないよ」

「……ママにも？」

照平が深くうなずくと、彼はしばらく両手を握って固まっていたが、やがて小さな声で言った。

「『お前がいないほうがうまくいく』って」

「誰かがそう言ったのか」

こくり、と頭が動く。

ユウイチかケンゴウあたりか。負けず嫌いでカッとしやすい。試合に負けた時などに、八つ当たりにそんなことを言ったのだろう。

照平は諭すようにゆっくり話す。

「いつもうまくいく試合なんてない。時々は失敗もする。そんな時は誰かのせいにしたくなる。でも、サッカーはチーム戦だ。特に誰の責任というわけではない。もしあるとすれば、コーチである僕のせいだ」

マモルは下を向いたままつぶやく。

「でも、やっぱりボクのせいだ。パスをどっちに出したらいいかわからない」

「とっさの判断は難しいんだ。何回も経験して、だんだんに覚えるものさ」

彼はポロリと涙をこぼした。

「学校の先生はいつも困った顔をしているし、パパとママはボクのせいでケンカしてる。ボクは、いないほうがいいのかな」

照平は彼の肩にそっと手を置いた。

「先生もお父さんもお母さんも、みんな君の味方だ。だから、いないほうがいいなんてこと、絶対にない」

肩の上の手に力がこもる。

「チームでも、君がいてくれると盛り上がると僕は思っている。足が速いしシュート力もすごい。マモルはサッカーに向いているんだ」

「でも……」

彼は言い淀(よど)んだ。辛抱強く待つと、やがて言った。

「パスをどっちに出したらいいか、わからない」

その言葉を繰り返した。

自力でドリブルで持ち上がるのは得意だが、パスは苦手かもしれない。

「どうしたらうまく連携が取れるか、一緒に考えていこう。だから、また練習に来てくれよ」

彼はしばらく自分の膝あたりを見つめていたが、やがて小さくうなずいた。

家に帰ると、咲妃がアイスグリーンティーを飲んでいた。

「さっき作ったところよ。どうぞ」

喉が渇いていたのでありがたく頂戴する。咲妃はテーブル上の白い紙袋を指した。

「お義母さんからいただいたの。冷たいお茶が合うかと思って」

「柴舟か」

金沢銘菓のひとつで、カーブのついた小判型のせんべいにショウガの効いた蜜が品良く塗られている。照平は苦笑した。

「相変わらず、母さんはこればっかりだな」

小袋を切ってせんべいを取り出す。口元に持っていっただけでショウガの香りが広がった。

「お義母さん、楽しい人よね」

咲紀は二つ目の柴舟に取り掛かる。

「今日もお相撲の輪島の話でめちゃくちゃ盛り上がったわよ」

おしゃべり好きの母にとことん付き合ってくれる咲妃は、ありがたい嫁さんだ。

「うちの入所者にも輪島のファンがいて『〝黄金の左〟って呼ばれていた』って言ってたのをお義母さんに話したら、いろいろ教えてくれたわ」

――第五十四代横綱、輪島は、左下手一本で大きな相手をねじ伏せるのが得意だったの。初土俵からわずか一年で新入幕を果たして、三年半で横綱に上り詰めた異例のスピード出世だったのよ。特に印象に残ったのは、千秋楽で巨漢の北の湖を、結びの一番と優勝決定戦の二回とも左下手投げで破った名古屋場所だったわねえ
「母さん、なんでも熱いからなあ」

照平の母は前向きで情熱的だ。照平が中学二年のころ、サッカー部でレギュラー落ちして凹んでいた時に母が言った言葉を思い出した。

――ダメだって思った時点で終わりなんだからね。まだまだいける、もっとやれるって思った時点で、すでに一歩進んでいるんだからね
マモルにそう言ってやればよかったかな、と反省する。しかし、今の彼には強気な感じの言葉は辛いかもしれない。

「でね、お義母さんが言うのには、輪島の〝黄金の左〟は、本当は〝黄金の右〟でもあったたって言うの」

輪島の左下手が突出して目立っていたのでそう呼ばれていたが、実は右からのおっつけが強力なため相手の身体が浮き上がり、その結果、左からの下手投げが上手く決まったのだという。

「相撲は詳しくないけど」照平は右腕を締めて摺り上げる動作をした。「こんな感じで相手の動きを封じる手だね」

「相手の身体が立った状態になったところを、左手で下手回しをとって」咲妃は左でまわしを掴むふりをする。「ぶん投げるんですって」

「実は〝右〟が得意だったから、結果として〝左〟が得意なように見えたってことか」

咲妃は思い出すように笑う。

「入所者さんと一緒に相撲中継を見るんだけど、私、解説を聞いていても、どっちの力士の立場で〝右〟〝左〟って言うかわからなくなっちゃうのよね」

「そのスポーツをやったことがないと、解説を聞いてもわかりにくいことはあるよな。サッカーでも、どちらのチーム目線で見るかによって違うし」

「そういえばこの間、入所者の人に『右側にありますよ』って言ったら、『それはあなたの右、それとも私の右？』って聞かれたことがあるわ。初期の認知症の方で、そういう些細なことにつまずくと気持ちが落ち込んでしまうケースもあるので、ご家族の方と相談して」

咲妃はバッグからミサンガを取り出した。

「利き手にこれをつけることにしたの。それで『それをしているほうに進みましょう』と言うと、ちゃんと伝わるようになったのよ」

「なるほど、いろいろ工夫しているんだな」照平はしみじみと言った。「咲妃はエラいなあ」

彼女は目を見開くとニヤッと笑った。

「褒めてくれても明日の洗濯当番、代わってあげないわよ。早番だから」

「なんだ、残念」

照平は苦笑してから、少し肩を落とす。

咲妃が真面目な表情に戻り、言った。

「マモルくんはとても頑張っていたわね。でも少し固い感じがしたわ。怯えている、というか」

「どうも、パスが苦手なようなんだ」

照平は練習後の彼との会話を漏らさず話した。

「とっさにパス先を判断するのは難しいものな

の？」

「慣れもあるかもしれない。マモルはサッカーを始めてまだ半年少々だから」

「なにかいい方法があるといいわね」

「それに、マモルくんのお母さんの気持ちも、ちゃんと受け止められているか不安だよ。今日のことも報告したほうがいいだろうが、なんと言ったらいいいか」

しょげる照平に、咲妃は淡々とした口調で言った。

「私たちには子育て中の親御さんの気持ちはわからないかもしれないけれど、想像してみることはできると思う」

「想像？」

「介護の仕事もそうよ。私たちは高齢者の辛さを本当には知らない。例えば、痛みがあるわけではないのになぜか足が前に出せない、って言われても、そういうのって経験していないから理解しにくいでしょ」

「『痛くて動けない』ならまだわかるけれど『痛くないのに動けない』って言われたら、じゃあなんで、って思うよな」

「だからイメージしてみるの。膝がうまく動かない人はこういう動作はきっとキツイだろうから、ここの動線を変更しようとか、記憶がなくなったらこんなふうに不安になるのかもしれないから、こう声をかけようとか。そうやって日々、考えながら入所者さんと接しているのよ」

「経験がないことは、想像力で補うってことか」

「サッカー好きのあなたなら、マモルくんが今どんな気持ちでサッカーに取り組んでいるか、なにがわからなくて苦労しているか、想像することができるかもしれないわ」

照平は、マモルの気持ちになって必死に考えてみた。ボールを持ち、走る。敵が近づいて奪おうとする。誰かにパスしたい。でもどこへ。コーチから指示が飛ぶが、どっちに出したらいいいかとっさに判断できない……

「……待てよ」

ふと閃いた。僕はマモルになんと指示していたっけ。

照平は食べかけの柴舟を手に持ったまま咲妃に言った。

「あのさ、さっきの相撲の話から思いついたんだけど」

頭に浮かんだことを話すと、咲妃は大きくうなずいた。

「そういう人がいるって聞いたことがあるわ。うちのケア・マネジャー、いろんなこと知っているから聞いてみようか」

「ありがとう。僕も調べてみる」

照平は寝室に駆け込み、パソコンを開いてさまざまなサイトの記事を読んだ。

「可能性はあるな。それならば……」

一刻も早く知らせねば、と携帯でマモルの母に電話した。すぐに出てくれたので、照平は得たばかりの情報を興奮気味に伝えた。

「ですから、一度調べてみてはいかがでしょうか？」

しばしの沈黙ののち、冷たい声が返ってきた。

「うちの子がおかしいと、コーチまでおっしゃるんですね。もういいです。ご迷惑をおかけしました」

それきり電話は切れた。

咲妃が部屋に入ってきて、パソコンの前に座る照平の後ろから話しかけた。

「ケア・マネ、今は手が離せないようだからあとで電話をくれるって……」咲妃は一度言葉を切る。「どうしたの？」

照平は振り返り、情けない顔で咲妃を見上げた。

「……勢い込んで、失敗しちゃった」


二週間後の土曜日。

マモルはグラウンドを元気に走っていた。

子どもたちを見守る照平の横には、里美が立っている。

彼女は言った。

「改めて、本当にすみませんでした」

「いえ、ボクも性急に話してしまったので」

二週間前、照平はマモルの母にこう伝えた。

——ひらがなを左右逆に書いていたことや『パスをどっちに出したらいいかわからない』と言っていたことから、マモルくんは左右の区別がつきにくいという特性があるのではないでしょうか

しかし、里美は怒って電話を切ってしまった。照平はその後連絡できず、先週末の練習にマモルは来なかった。もう退会してしまったのかと凹んでいたところ、今日は親子でやってきてくれたのだ。

走り回る子どもたちから目を離さないまま、里美は言った。

「あれから夫とたくさん話し合って、もし病気のようなものがあるなら、とマモルを病院に連れていったんです」

その結果、マモルには軽い左右失認があることが判明した。

右と左をとっさに判断できない人間は意外と多くいるらしい。咲妃が情報通のケア・マネから聞いたところによると、ある有名な俳優もその症状があるが、立派に仕事をこなしているという。

「よく気付いてくださいました。マモルは文字を書く時も左右が混乱することがあって、複雑な漢字がどんどん出てきて覚えられず、悩んでいたようです。知らないままなら、あの子の集中力のなさを責め続けていたかもしれません」

照平は心の中で、母と咲妃に感謝した。

——輪島の〝黄金の左〟は、本当は〝黄金の右〟でもあった

あの話題が、気付くきっかけとなったのだ。

マモルの母は照平を見つめた。

「幸い軽いものだそうで、本人がしっかり自覚して周囲も助けてあげれば、日常生活にはさほど支障がないようです。これから大変ではありますが、暗いトンネルからは抜け出せたような気分です」

よかった、とは言えず、照平が黙って頭を下げると、里美もまた深々と礼をした。

「とんでもない障害があったら……と怖くなって、あんな冷たい言い方を。もちろん、障害があったってわが子です。でも、やっぱり向き合うに

は勇気がいりますね」

　安堵と不安を織り交ぜたような笑みを見せる。

「僕こそ、お母さんを不安にさせてしまいすみませんでした」

　マモルがどんな思いでサッカーに取り組み、なにが問題なのか必死に想像し、思い付いたことをすぐに伝えねばと焦ってしまい、子どもの特性を指摘された親がどんな思いを持つのかまで想像できなかった。

　自分はまだまだなあ、と反省する。

　照平はグラウンドに目をやった。

「サッカーはチームプレーです。どの子もそれぞれ特性を生かして、互いに補い合って、みんなで前に進んでほしいです」

「大人は、そんな子たちをきちんと見守っていかないといけないですね」

　里美も、走る少年たちを見つめた。

　マモルがボールを奪い、敵二人が取り囲もうとするのを見事に身体を回転させ、ドリブルで突き抜けた。

「いいぞマモル。ミサンガのほうだ！」

　マモルはミサンガをつけた左手の方向へ走りだす。斜め後ろからユウイチが追い越していき、パスは見事に繋（つな）がった。思わずつぶやく。

「あっりゃ、りくつな！」

「……〝りくつな〟？」

　里美が不思議そうに聞いてきたので、照平は照れて答えた。

「母の実家の方言で、『かしこい』『うまい』という意味でして」

「なんだか、かわいらしい言葉ですね」

　小学生の母は、穏やかな笑みを見せた。

**内山純**（うちやま・じゅん）
1963（昭和38）年、神奈川県生まれ。立教大学卒。2014年『B（ビリヤード）ハナブサへようこそ』で本格ミステリの新人賞 第24回鮎川哲也賞を受賞しデビュー（後に「ビリヤード・ハナブサへようこそ」と改題して文庫化）。他の著書に『土曜はカフェ・チボリで』『新宿なぞとき不動産』『みちびきの変奏曲』『レトロ喫茶おおどけい』がある。

小説

# 加賀鳶正太

平野　他美

　今にも消えそうな竈の火に細い薪を投げ込み、覚太郎はもどかしさに苛立っていた。

　夕方過ぎから娘しのの陣痛が始まり産婆を呼びに小女が走り出て、覚太郎も、かねてから用意した納戸に床を敷き込み、女房のぶの出産の時に作った座椅子にしのを座らせた。

　やがて来た産婆とのぶが戸を立ててからは所在ない時が流れ、時おり漏れるしのの声と産婆の声を聞きながらうとうとしていた。

「湯を沸かして」

　のぶからかけられた声で目覚めた覚太郎は、夜半も過ぎたのを知り、竈に火を熾した。半時経って湯が沸き納戸の前で声をかけたが、内からは返事も無かった。

　小女と寝ている孫娘を起こさぬようにそっと表戸を開け外へ出ると、流れる黒雲から気味悪いほど赤みを帯びた月が出入りし、時には生温い風が吹き付けて、なぜかしら覚太郎の心が騒めいた。

「半月程前に火の手が上がった日もこんな風が吹いてたな。何も無けりゃいいが」

竈の火が気になり家に入ったが、かすかに火消の出動を促す板木が鳴る音が聞こえ外に飛び出た。だが火元が遠い一打ずつと分かり竈前に戻った。

奥の静けさも気掛かりだが、「何も無けりゃいいが」と再び呟いた時、板木が間を開け二打ずつ鳴るのが耳に入り、急いで胸当てを付け足袋を履き、神棚に向かい柏手を打った。

物音で顔を見せたのぶが、覚太郎の出で立ちを見ると、「気を付けるように」と声をかけ背中をそっと押し、いつものように送り出した。

「大事な時には居なくなって、何も当てにならん」

慌てて小女を起こし、竈の前に座らせたのぶに、

「このままやと子も親も弱ってしまう。わてに任してもらえんやろか」

部屋を出てきた産婆が問いかけて、一足違いで夫に相談出来なかった事が吉と出るか凶と出るか、のぶは心を決めて産婆に手を合わせた。

「もうひと頑張りや。可愛い子の顔見よな」

汗で髪がへばりついた娘の額を温かい手拭いでそっと拭き、母が掛けた声に頷いて目許に浮かべる涙も一緒に拭き取り、のぶは逃げるように部屋を出た。

耳を塞ぎたくなるようなしのの苦しげな声を背に、のぶは膝を正して一心不乱に神仏に祈り続けた。

かすかに聞こえた産声でのぶは、小女に湯の用意を言い付けしのの許へと急いだ。

取り上げた赤子を胸にしのが気を失ったと、産湯を使わす産婆が懸命に呼び掛けていたが、代わってのぶが娘の耳元で名を呼ぶと、赤子が浸かる湯から薄っすらと立ち昇る湯気の中でしのが目覚めた。

「気をしっかり持って、坊や育てな」

産婆の声と共にのぶが握った手に力を込めると、しのは嬉しそうに涙を流した。

のぶが、産湯を使うか細い小さな赤子を見て心が痛み不安が募り、「難なく育つやろか」と呟くと、それを耳にした産婆に、「臍の緒が巻いて死産かと思うてたのが産声上げた。強運を持って生

まれた子や」と囁かれた。

　部屋を暖かくするようにと産婆に言われ、小女を急かせて火鉢をもう一つ入れるなど立ち働くうちに朝を迎え、起き出した孫娘が弟の誕生に小躍りし、産婆も交えて朝餉を囲んだ。

「一度家へ帰る」

　朝餉を済ませ家に戻った産婆と入れ替わりに、覚太郎が上がり框に姿を見せた。


　大工の覚太郎は、二十五歳の時に町火消の一員となり二十数年、棟梁となった今も板木の鳴る音を聞けば、何を置いても火事場に駆け付ける。

　昨夜は、丑の刻（午前二時頃）に犀川竪町の徒士の家から出火し、金澤城より南の方を任せられている町火消が出動だったが、火の手が数町に広がりそうで、北の方を任せられた町火消も出動となり、鍛冶町（現在の此花町周辺）の覚太郎達も駆け付けたのだ。

　加賀藩の定火消（二千石以上の人持組）が立てた纏の下に家臣百数十人がいて、金澤町奉行の下で町同心の指図により動く町火消達と、辻桶や天水桶の水を燃え盛る炎に掛けて風下の家を壊すなど共に働いていた。覚太郎と顔見知りの同心の指示で北の火消一同は、家財道具を積んで逃げ惑う人達や人波の中泣き震える子達を、かねてより取り決めの広見へと連れ運んだ。

　折からの風に煽られ舐めるように家々をのみ込む紅蓮の炎と、掛け水が飛び交う中を右往左往する人々を見て、覚太郎は火消事の度に浮かぶ二十数年前の事を思い出した。

　大工を生業とする覚太郎が町火消となり、火事場での最初の仕事が風下の家を壊す事だった。火の手が迫る前にと言いつけられ、壊しに入った家の中には家財道具を運び出す夫婦と幼子が居て、覚太郎達が手にした鎌や熊手を見るや否や、

「壊さんといて」

　女が柱の前に立ちはだかり懇願し、聞かぬ振りをして鎌を振りかざした火消に幼子が跳び付いて、

「鬼」と一声叫んだ。

　覚太郎は、「町や人々の為に火消になった」と

の気負った思いに水を浴びせられ、年嵩(としかさ)の火消の顔が、荒事で高揚してか本当に鬼のように見えて震えた。

火事場は地獄絵、助けようとしても一歩間違えば火の海に引きずり込まれる。同心の指揮の下とは言え、風を読み、人の流れを見て判断する火消の冷静な心が大切と思った。

昨夜の火事は一晩中燃え続け、つい先ほど鎮火した。帰って来たが覚太郎は精も根も尽き果て、のぶが労い(ねぎら)の言葉と共に湯を満たして置いた桶に足を浸し、人心地(ひとごこち)つくと、のぶの朝餉をと言う声を背にしのの元へ急いだ。

覚太郎は、父を見て涙を浮かべ微笑(ほほえ)むしのに頷き返し、布団に眠る赤子に目を移した。

包まれた布団の中に埋もれるように小さな顔が覗(のぞ)き、そっと寄せた頬に伝わるせわしい息に、覚太郎は、ひと安心して部屋を出た。

「えらい小さいなぁ。育つんか」

待ち受けるのぶの耳元で問い掛けた覚太郎に、

「産婆は大丈夫と言うてるけど、本当にじゃまないがかね」

小声で不安げなのぶが夫に返事を迫り、応えられぬまま覚太郎は膳についた。

箸を置き茶を啜(すす)る覚太郎の耳に、板木を連打する音がかすかに聞こえ、脱いだばかりの胸当てと足袋を身に付け、土間から神棚に向かい手を合わせ、慌てて土間へ下りたのぶにそっと背を押され家を飛び出した。

集合場には、堀川方面や岩根町（現在の瓢簞(ひょうたん)町周辺）、鍛治町など十三町七十名程が一団となり、登り梯子(ばしご)数挺(すうちょう)と辻桶、鎌と熊手、水印の幟(のぼり)を手に集まり、町同心の伝えを持った町附足軽(まちづけあしがる)が来て、火元は図書(ずしょ)橋（現在の南町付近）の医師宅で辰の刻（午前八時頃）より出火し、延焼していると告げた。昨夜から引き続いての出動は当番とはいえきついが、定火消の数組も駆け付けていると聞き先を急いだ。

一団の後方で駆けながら覚太郎は、赤子の小さな顔と心許ないのぶの顔が浮かび心が波立った。

それでも、武蔵辻を過ぎると水印の幟が立ち並び、梯子の上で火の手を見ている定火消の姿が見え、屋根の上で水を打つ人影も目に入ると奮い立った。

火の手はまだ先のようだが、昨夜来の強い風に乗って煙ときな臭さが漂っていて、少し先で町同心の指示を仰ぐように言われた。

「火がこっちに向かっとる」

梯子を立てた上で怒鳴る声がして、北へ煽られる火が横へ広がらないように、風下の脇の方の家から軒並み壊すように言われ、我が家に水を打っている人々へ広見に立ち退くよう声を張った。

恨み言を口にする者もいたが、生暖かく吹く風に追い立てられ持ち切れないほどの家財を手に、互いの名を呼び合いながら逃げ出した。

水を打つ者や家を壊す定火消達が、じりじりと火の手から後退しながら北へ移動し、それに従い町火消達も、北へと退いていた。

火の勢いは増すばかりでいつしか浅野川まで延焼し、北の町端大樋まで燃え尽くして、漸く翌日になって鎮火した。

夜が明け始める頃に浅野川の前まで来ていた覚太郎達は、町同心の申し伝えで引き揚げるように言われ、焼け焦げて今もまだ煙が立ち上る家や瓦礫のように壊された家々を横目に見ながら、疲弊し切って家路についた。

元禄三年（1690年）三月十六日の火事で九百軒の家が燃え、翌十七日の火事では六千六百三十九軒もの家が燃え用水路を含む五十六の橋が焼け落ち、六人が命を落とし五十六匹の馬が焼死したと、後に覚太郎達は知らされた。この年の金澤では、半月前の二月二十四日にも田井村領吹屋町（現在の桜町付近）から出火し、三百十三軒の家が焼失し一人の命が失われた。

「元禄三年の大火」と歴史に刻まれた年、覚太郎の孫正太はこの世に命を授かった。

江戸に居る娘婿に知らせず、名前を付けるのを躊躇っていた覚太郎は、しのに急かされて正太と名付けたのだ。

しのの溢れるばかりの乳を飲んで、産婆の言葉通り見る度に正太は大きくなり、気を揉んでいた覚太郎とのぶを安堵(あんど)させた。

　毎日顔を見せる産婆は、しのやのぶにつぼを得た助言をして頼りになり、赤子の世話も慣れた手つきだった。だが、しのが横になって床に休める四月初旬に、

「よう頑張ったな。後はせいぜい乳を飲ませて大きいせな」

　これで最後と顔を覗かせた産婆がしのに言い残し去り、覚太郎とのぶは後ろ姿に手を合わせた。

　この頃になると、覚太郎が家屋の差配だけでなく習わし事など相談に乗る御店(おたな)から、棟梁の所に孫が生まれたと祝いの鯉(こい)が届いた。鯉は乳の出が良くなるとのぶが言って、毎食の膳に上る鯉料理にしのが両手を上げた。

　日を追うごとに大きく愛らしくなる正太を、覚太郎は飽きずに眺めていたいが、火事の後の大工仕事は休む暇がない。

　火消になって日が浅い頃、「大工が火消で、壊して建てて、かあ」と心無い声を伝え聞いた。

　弟子の時には為(な)す術(すべ)もなかったが、棟梁と呼ばれる数年前から稼ぎ仕事は弟子達に任せて、手間賃を取らずに頼まれ仕事をするようになった。

　火事の後は木材の値も上がり、こんな時こそと覚太郎は、大工仕事で出て溜め置いていた廃材や、買い付けてある木材を惜しげもなく使わせ、その差配に皆が手を合わせた。

「決して一人の力でない」と覚太郎はかぶりを振る。想(おも)いに同(どう)じてくれる材木屋や職人達が居て、何も言わず仕立て仕事で助けてくれる妻のぶが居ればこそと、有り難く思っている。

　大きな寺や建物が焼失すると、大工仕事に駆り出され勝手はできないが、人家が多く焼けた今回の大火では、頼まれ事が多くなりそうだと段取りを思い見ていた。

　この年の神無月、迎えに来た娘婿に伴われ、しのと孫娘、搗(つ)きたての餅のように色が白くてふっくらと育った正太が江戸へ帰った。

　嬉しそうに手を繋ぐ娘達の後ろ姿に、覚太郎とのぶが旅路の無事を祈り手を合わせた。

娘しのが江戸で三人目の子を身籠り、五年前のように身重の娘が金澤へ里帰りし難産になるのはこりごりと、覚太郎はひと月前に女房を江戸へと送り出した。そして、無事出産したので五歳になった正太を連れ金澤に帰ると便りがあり、覚太郎はのぶの帰りを今日か明日かと待ちわびていた。

ある日、三尺（百十三センチ）程の背丈で目鼻立ちのすっきりした男の子が土間に立っていた。正太とは気付かない覚太郎は、程なく現れた女房の姿を目にして土間に飛び降り抱え上げた。

正太は、母親からいつも聞かされていた祖父の腕の中で、初めて会う恥ずかしさと歩き疲れて少し腫れた足も痛くて、暫く動けなかった。

突然の事で驚いている覚太郎と、抱き締められた正太が二人固まっているのを見て、のぶは江戸で正太に初めて会った時を思い起こした。五年前に金澤で見送った乳呑み児が目の前にいる子とは信じられず、健やかに育った嬉しさで正太の手を取り握り締めると、産まれた時に小さな手で握り返された思い出がよみがえり愛しかった。

覚太郎の想いも同じと見え、のぶに向けた泣き笑いの顔がそれを物語っていた。

夜は、腫れた足を冷やした正太を真ん中に川の字に寝て、安心した孫の可愛い寝顔を覗き込んでは、覚太郎とのぶは寝つけないまま朝を迎えた。

翌日から正太は、祖父覚太郎の後に付いて回る一日が楽しくて、皆に声を掛けられると嬉しくて愛嬌を振りまいた。

毎朝、覚太郎が仕事場へ行く下駄の音で近所の子達が寺子屋へ急ぎ、見送りに出た親達が覚太郎に挨拶をする。それが、ここ数日は後ろから小さな男の子が付いて行くのが目に入り、覚太郎の孫と知ってからは皆が正太に声を掛けた。

「じいちゃんは火消やから、町の人の顔を覚えてな成らん。町の人もじいちゃんが火消と知ってて何かあると頼って来るんや」

覚太郎が正太に嬉しそうに打ち明けた。

「火消って偉いのか」

「偉かぁないけど、大事な仕事や」

正太に聞かれて覚太郎は、孫を抱き上げ頬ずりした。

覚太郎は棟梁を弟子に譲って二年経つが、今でも仕事場には毎朝顔を見せ、見習い弟子の手ほどき役として重宝がられていた。

覚太郎に付いて来た正太は木屑にまみれ遊んでいるが、大工道具は触ったら怪我をする物が幾品も有ると言われ、絶対に道具を足で跨ぐなと祖父から教えられた。

夕飯時、少し酒が入った覚太郎は、正太が生まれた日に金澤で起きた大火事の話を、胡坐にのせた孫にお定まりの様に語った。正太は、毎日聞いていても同じ所で同じ様に応じ、二人のやり取りを横で聞くのぶは可笑しくて孫が愛らしく、授かった命が有り難いと神仏に手を合わせた。

覚太郎が火消の時使う胸当てを正太が羨ましそうに見ているので、のぶは針仕事の合間に小さな胸当てを作った。孫が喜ぶ姿を見た覚太郎が、山から伐って来た竹で小さな梯子を作り、のぶは端切れを使って幟をこしらえた。

幸いにして正太がいる間に覚太郎の火消出動はなかったが、かすかに聞こえる板木の音で飛び出した正太が、胸当てをつけ幟と梯子を両手に家の角に立ち、近所の人が掛ける労いの言葉にはにかむ姿が笑みを誘った。

三か月余り祖父との日々を思う存分楽しんだ正太は、用向きで江戸へ上る母親の弟林太郎に連れられて親元へと帰った。

何度も振り返りながら手を振る孫正太と息子林太郎の姿が小さくなり、その後ろ姿を覚太郎とのぶは呆けたようにいつ迄も見送った。


幾たびかの季節が巡り過ぎた。

先日届いた娘しのからの便りに、近い内に正太を金澤へ向かわせるとあった。

正太が十五になって、この先どうするか聞くと、

「火消になりたい。五つの時じいちゃんの所へ行ってから、ずっと思ってた」

考え直すように言っても聞かない。二人の所為だから言い聞かせ改心させてと、その想いが行間から炙り出しのように読み取れる。

覚太郎とのぶは土間に下りて、壁に立て掛けた小さな梯子と幟を前に溜め息をついた。

「火消になるのが何で駄目なんや。正太が娑婆で最初に聞いた音が板木を打つ音。嗅いだ匂いは儂が運んだ火事場の匂い」

女房に聞かすように覚太郎が呟き、のぶは頷き返すのとは裏腹に、娘の想いに胸が痛んだ。

何があっても板木の音で飛び出していき、怪我をして帰る事も幾度かあって、命を落とす人もいると聞く町火消の父親を持ち、何よりも母が苦労する姿を傍で見ていた娘しの。

それ以上にしのは、文の中に認められた正太の性分を心配していた。身なりが大きく気が良くて、小さな頃から争い事の度に前に押し出される。人様の諍いで怪我を負うたり小言を聞かされ、母親としてやり切れないと。

兎に角も正太の話を聞いてからと、不安ながらも十年ぶりに会う喜びの方が大きくて、今日か明日かと二人は待った。


「こんなに小さな家だったかな」

正太は、十年ぶりに祖父の家の門口に立ち呟いた。

十日前に江戸を発つ時は、貰った路銀を手に何処かの火消屋敷に飛び込もうかとも思ったが、旅をするうち、うろ覚えの金澤の祖父の顔が浮かん

で駆けるように来た。

そっと開けた戸の先に、見覚えのある梯子と幟が立て掛けてあり、張り詰めていた気が緩み涙で周りが霞んで見えた。人の気配に出て来た祖母の、草鞋を脱ぐ間ももどかしそうに早く入れと促す声が聞こえたか、祖父も顔を覗かせた。

覚太郎とのぶは、目の前の大きな正太が信じられなく見上げていると、二人一緒に正太にそっと抱え込まれた。

数日後、急ぎ旅の疲れで休んでいる正太を訪ねて、叔父林太郎が顔を見せた。

林太郎は幼い頃から賢くて、覚太郎とのぶは、「鳶が鷹を生んだ」と言われた。後押しする人にも恵まれて、江戸で学問を修め藩の用水整備に関わる今では、のぶは息子に気を遣い遠慮している。

しのからの文が林太郎にも届いていたようで、事の次第を問う叔父に、

「臥煙でもいい。火消になりたい」

正太が言うと、

「姉さんが心配したのはこの事か」

林太郎が珍しく声を立てて笑い出した。笑われて不満げな正太と呑み込めない覚太郎達に、「臥煙も火消には違いないが」と話し出す。

臥煙とは何か。

寛文元年（１６６１年）正月、藩士中の大禄の人持八人に定火消を命じたのが、金澤の火消の始まりだが、それより三年前の万治元年（１６５８年）江戸では、幕府直轄の火消組織として、旗本四名を定火消に任命していた。四名の旗本には、格別の火消屋敷と火消用具が与えられ、臥煙と呼ばれる火消事だけの人足を雇う費用が三百人扶持加算された。

火消屋敷には三丈（十二メートル）の火の見櫓が設けられ、合図の太鼓と半鐘が備えられており、急ぎの出動用にと馬が準備され、ここには臥煙の寝起きする詰め所もあった。

臥煙は、夜になると長い一本の丸太を枕にして並んで就寝。火事の連絡が入った不寝番から丸太の端を槌で叩かれ、一斉に起きて出動する。真冬でも法被一枚で過ごし、全身に彫り物をした者も

多いと聞く。火消の為に雇われているので普段は火消屋敷の大部屋で暮らしていたが、博打（ばくち）や喧嘩（けんか）で騒動を起こす事もあった。奴銀杏（やっこいちょう）の粋な髷を結い、出動の時には白足袋に真新しい六尺の締め込みをつけ半纏（はんてん）一枚で刺し子も着ない。町に出ては商家に銭緡（ぜにさし）（穴あき銭を纏（まと）めるわらや麻ひも）を押し売りし、買わない商家は報復として火事騒動に紛れて家屋を壊すと言われ、町人達にも評判が悪いそうで、火事場で死亡した臥煙は、四谷（よつや）にある臥烟寺（がえんじ）に葬られる。

　金澤の定火消や町火消か知らない覚太郎とのぶは、初めて聞く話ばかりだった。

　正太は、臥煙は江戸者しかなれない粋な火消で、火事装束の纏番（まといばん）を先頭に、騎馬の定火消と与力（よりき）に続き、同心と臥煙が隊列を組んで火事場に向かう姿に憧れていた。

　十年前、正太が帰る時に用向きで江戸まで付き添った林太郎が、その後もたびたび江戸へ出掛けているのを知る覚太郎は、話が正太を諌（いさ）める為の空言（そらごと）とも思えなかった。

「正太、火消になりたいのなら、本郷の加賀藩上屋敷内の加賀火消の話を聞いてないか」

　黙り込んでしまった三人を前に、林太郎が続けて言うと、

「加賀火消の名前は知っているけど」と、叔父の顔色を伺いながら正太が応えた。

「江戸の加賀火消は、大名火消や定火消に引けを取らない際立った火消と聞く。仔細（しさい）については心当たりに尋ねてみるので、当分はじいちゃんの傍で大工仕事に通って待つのが良いと思う。家を建てるのを習ったら壊し方も考えるようになるやろ」

　正太に話す林太郎は、瞬きもせず聞き入る甥が可愛かった。

　思いがけない叔父の話で、横に座る祖父が大きく頷く気配がし、袖口で目頭を押さえる祖母の姿が目に入り、張り詰めていた心がほぐれた正太は、涙が溢れそうな瞼（まぶた）を幼子のように拭った。

「十五か、まだまだこれからや。世の中をよく見てから火消になっても遅うない」

最後に言い残した叔父が去り祖父達が部屋を出て行くと、正太は江戸で父や母と言い争った日々を思い返した。

幼い頃から半鐘の音が聞こえると何をしていても飛び出していた正太は、いつも母に諌められたが、そわそわと落ち着かなかった。火事が多い江戸では、人が集まるのを友達と見に行って、火消が隊列を組んで行くのに出会うと煙の先へと一緒に進んだ。危ないから来るなと言われ友が帰っても一人残り、探しに来た母に今まで見た事のない顔で叱られた。

他にも、体が大きかったせいか友達の喧嘩にすぐ呼ばれ、前に押し出されると本気でやり合ってしまい、謝りに行った母に叱られた。

そんな時にはいつも、祖父が言った声がどこからか聞こえてくる。

「正しいと思うてしとることは、人さんがちゃんと見とる」

だから叱られると、金澤で作って貰った梯子と幟が欲しいと言って母を困らせた。

十五になって真剣に火消になりたいと言い出すと、火消遊びの頃は笑って見ていた二親が揃って反対した。話も聞いてくれず、行けと言われて金澤へ来たが、祖父の処で火消になる日を待つのなら頑張れると、正太は心底嬉しかった。

翌日から覚太郎に連れられ、大工の棟梁、町火

消の町まとめ役と町同心に引き合わせてもらい、正太の金澤での暮らしが始まった。素直で真面目な性分は行く先々で重宝され、

「じいちゃん達とこのまま過ごし、金澤の町火消になるか」

過ぎ行く月日の中で、正太は真剣に考えていた。叔父とはあれ以来話してないが、時おり顔を見せると祖父と話し込み、江戸へも行ったようで母の文を届けてくれた。決して自らは聞きただすまいと正太は辛抱強く待った。

そして三年過ぎた宝永五年（１７０８年）春、大工現場の正太の許へ珍しく叔父が訪ねて来て言った。

「正太、よう辛抱したなぁ。江戸へ帰って加賀鳶になれ」

三年前、ただただ祖父に会いたいと荒む心を抱え金澤へ急いだ道を、今は、夢が叶（かな）いそうで勇む心で、正太は江戸へと急いでいた。

江戸へ帰ると知って、棟梁や大工仲間が集まり正太を励ます会を開き、火消仲間が祝い唄を聴かせてくれ、近所の年寄りや子供達が来て別れを惜しんだ。正太は、皆が優しいのは祖父達のお陰だと有り難く思い、覚太郎とのぶは、正太が皆に可愛がられたのを思い返し、別れの日まで夜は三人で枕を並べ話が尽きなかった。祖父が林太郎から聞いた話や、正太の為に叔父があらゆる手を尽くしたのを初めて知り、正太は嬉しかった。

江戸屋敷の火消とは何か。叔父が教えてくれた。

防火に力を注いだ加賀藩主五代綱紀が、参勤交代で江戸詰めの折に居住する本郷の上屋敷内に、天和元年（１６８１年）、消防組織を設けたのが加賀火消で、「加賀鳶、喧嘩鳶」と呼ばれている。平素は、出火の折に出動し火災跡の片付けをする他に勤めはないが、相応の扶持も頂ける。だが、それより伝え聞くのは、江戸の大名火消の中間（ちゅうげん）人足（にんそく）や、定火消の臥煙、町火消の鳶より格式があるというのだ。

それ故（ゆえ）に江戸の人でも、火消になるなら加賀鳶にと思い志願する者が多いそうだ。しかしながら、

人数が定められているので、老年になり退隠する火消から売買相場の金子（きんす）で権利を買うも、これが二十五両といわれている。

　正太が驚いて首を横に振ると、覚太郎が頷いた。

「とても工面出来る金高ではないな。正太には可哀想（かわいそう）だが諦めさせよう」

　覚太郎は林太郎に言ったようだが、

「正太は背格好もよく心意気もあり、生まれついての火消と見える。金子の事を除けば明日にでも志願させたいのだが、江戸で姉さん達にもつぶさに話して相談をして、五年の内に事を為せるよう皆で力添えしようと決めたので、その間、正太を頼む」

　林太郎がきっぱりと応えたそうだ。

「それが何故に、五年を待たず早々と」

　小さな声で尋ねる正太に、

「本当にお前は運のいい奴や。生まれた時から神さんに守られとる」

　覚太郎が相好を崩し正太の肩を抱えた。

　林太郎は、江戸で親しくなった友が加賀藩江戸屋敷へ出入りするのを知り、正太の事を頼んでいた。その友から、「新たな火消を召し抱えると決まった。ついては、甥御も志願するよう勧める」との便りが数日前に届いた。宝永五年（１７０８年）十一月、五代藩主綱紀が駒込染井（こまごめそめい）の中屋敷に移り、六代藩主吉徳公が本郷の上屋敷に住むことになったため、加賀藩は両屋敷の火災防御に五隊の防火隊を新設することになったのだ。

「仔細はお前直々に話したいそうだから、江戸へ上り次第立ち寄れ」と正太に言って、一日も早く江戸に帰るよう念を押した。

　枕を並べてのぶは、初めて耳にする夫や孫の話に驚いたり涙ぐんだりで、いつしか隣の正太の手を握りしめていた。

　満たされた日々を過ごして正太は、出梅（しゅつばい）の爽やかな明け方、祖父や祖母と見送るため泊まり込んだ叔父に手を振られ、友に宛てた叔父の返書を懐に金澤を後にしたのだ。

江戸で訪ねた林太郎の友は、江戸の掘割（ほりわり）を学ぶ篤学の士で、加賀藩に水路の助言者として関わる中、国元の用向きで江戸へ来ていた林太郎と共鳴し親交を結び、此度は正太の加賀鳶の件を引き受けてくれた。

「人を介して申し入れたので、知らせがあり次第本郷の上屋敷に出向くよう。そこでは、金澤の話は出しても火消仕事の手伝いは伏せるように」

林太郎の文を読み終えた方に見詰められ、正太は言い聞かされた。

そして夏になり、本郷の上屋敷内で北の火の見番所がある火消人足詰め所前。鳶一同が居並ぶ前に、下帯姿の若者が数人並んで立つ中に正太がいた。

居並ぶ鳶達と立ち並ぶ若者達、いずれも五尺（百五十二センチ）以上の逞しい体と面構えだが、大工仕事で鍛えた六尺（百八十二センチ）近くの体を持ち、美丈夫な正太は一際目を引いた。

問われるままに正太は、金澤の祖父の下で十五の時から大工仕事の手伝いをしていたと話したが、叔父の友から教えられた通り火消の手伝いについては言わなかった。

新しく名を連ねた正太達は、予備隊として上屋敷に置かれ、一番手・二番手と共に上屋敷の防火隊となり、三番手と四番手が駒込の中屋敷に配されると定まった。

「明後日までに上屋敷の火消人足詰め所へ集まるように」

言われた正太は、屋敷を出て雲の上を歩いているようだったが気が付くと雑司ケ谷で、世話になった方の家に飛び込み、鳶に召し抱えられた感謝の意を伝えると、千駄ケ谷の家まで駆けた。

待ちかねた母が正太の頷く顔を見て瞳を潤ませ、二人は数年来のわだかまりが解けた。夜には嫁いだ姉が来て父や弟を交え、久方ぶりに家族揃って祝いのひと時を過ごした。正太は、金澤の祖父と祖母、そして叔父の力添えに感謝の文を書き、二日後には家を出た。

新参の鳶となった正太らの受け持ち区域と云えば、加賀藩本郷屋敷、親戚の屋敷、菩提所と湯島の聖堂などの付近で、屋敷内の火の見櫓には足軽五、六人が昼夜張り番で詰め合わせていた。出火を見ると直ちに半鐘板木を打ち、八町以内を近火とし消火に出動。十町以内では八町の境へ出て警固線を張り、十五町以上では板木を打つのみで鳶は出動しない。だが、火勢が凄まじく他の火消組にて防火がかなわない時は、幕府役人の依頼に応じて加賀鳶が八町以外いずれの地へも銀塗り太鼓の纏を打ち振り、足を揃えて駆け付け瞬く間に消し止めるので、加賀鳶は幕府や江戸町民の信頼が厚かった。

　正太達は一番に守るべき上屋敷の造りを知るため巡回した。金澤で大工仕事をしていた正太は、屋敷内の南から南東部にかけ外周に沿って建てられた表長屋や、作事方役所や割場・会所や火消人足詰め所などの建物が外側に窓を持たないことに興味を持った。

　内側にも長屋群が多数建ち並び、二千〜三千人に及ぶ江戸詰め藩士や武家奉公人がこれらの建物に単身で住まって、その他には土蔵群や、北寄りには屋敷神の鎮守社、牢屋まで置かれていた。

　将軍綱吉の養女松姫が輿入れし、吉徳が住む表御殿や松姫が住む御守殿を中央に置く広大な敷地の本郷邸は必ずや守ると、幾度もの大火にあった故に防火の心構えが他藩の江戸屋敷より勝っていた。

屋敷の東隣には、加賀藩の支藩である富山藩と大聖寺藩の上屋敷、北隣には水戸藩の中屋敷や旗本屋敷が続き、西側の通りに面して加賀藩邸に食い込むように幕府御先手組の屋敷があり、近隣の防火については加賀藩上屋敷の加賀鳶を頼りとしていた。

江戸は年を追うごとに人が増え、町人地は密集して並ぶが、武家地は比較的ゆったりとしており、町家の失火が風向き次第で移りゆくのを防ぐ出動が多かった。正太は、金澤でした町火消よりつまらないと思ったが、月に三歩三朱と白米二人扶持の手当を頂いて、雲龍小袖を着てくすべ色の革羽織を三つ四つに畳んで肩に掛け、悠然と市中を歩く伊達姿が皆の目を引くのがこそばゆく、いつか加賀鳶の本領を示すと意気込んでいた。

体が大きな正太は、金澤では梯子を支える役回りだったが、加賀鳶の中には角力取りだった人も多く梯子に登るように言われ、度重なると、梯子の上で身軽なしぐさや威勢と気迫のこもった動きをする古参の鳶の技を、見よう見まねでするようになった。

「道具は命を守る大切な物」と言っていた祖父の教えを守り、火消道具の纏や梯子、高張や水桶水鉄砲に、鉄もじり筋金入りの五尺の鳶口、熊手の手入れと人に先立ち励んだ。

正太にとって羨望の的は纏持ちだった。手に持つ纏は銀塗太鼓の形で、打ち振る時は音高く太鼓の胴を打つ力紙が左右に垂れている。火事場に着くと屋根に登り、火消達の目印となるのだ。

「火事と喧嘩は江戸の華」と言われるように、火事場での火消達の喧嘩が絶えず、原因は消火時の後先による功名争い、「消し口争い」が多かった。

火事場に着いた火消は、組の名前を書いた木の消札を近くの軒先に掲げ、纏持ちが屋根に登るのだが、誰が消火をしているかを知らせる消札は、褒美を受ける際の証拠でもある。それが、後から駆け付けた組の火消に消札を取り替えられて、屋根にいる纏持ちが引きずり降ろされ火事場を乗っ取られると、本来の消火をせずに喧嘩が始まった。

また、火事場の周囲の町家や武家屋敷の屋根では、火消達が纏を隙間なく立ち並べ大うちわを使い火の粉を防ぐので、火事が治まると家々の屋根瓦は踏み荒らされ無残な有様となり、そこで喧嘩が始まると瓦を蹴散らす騒ぎとなった。

　幕府からたびたび触（ふれ）が出て火事場の喧嘩を禁止されたが、火消同士の功名争いは絶えない。喧嘩っ早い正太も何時（いつ）しか乱戦に加わっていた。

　そうした中で享保二年（1717年）一月、正月気分も抜けた頃、小石川馬場から出火した火が風に煽られ霞が関や半蔵門にまで広がり、死者が百名近くとなる火事があった。程なく大岡忠相（ただすけ）が南町奉行の任に就き、先の火災の戒めとして、焼失した建物跡を火除（ひよ）け地とし、店火消や町火消の組織立てを、奉行令により積極果敢に取り組んだ。この頃には、正太は上屋敷の火消一番手の鳶として、左手に鼠色の頭巾を右手には五尺の鳶口を持ち、火事場へと歩む姿は鳶達の中でも際立っていた。

　そんな正太の許へ、江戸へ来た叔父林太郎が珍しく訪ねて来た。

　林太郎は、何度か江戸へ来ても姉しのから聞くばかりだった正太を見て、思った以上に逞しい鳶となった姿に目を細め、覚太郎からの文を渡すと早々に立ち去った。

　大工の棟梁まで務め、謡や茶道を嗜（たしな）んだ覚太郎の文は健筆で、「家の片隅の小さな梯子を見ると正太の加賀鳶姿が浮かび、事故に遭わず怪我のないようにと手を合わせている。どんな時でも、焼け出された人に心を添わせる気持ちを忘れぬように」と綴（つづ）られ、最後には、火消とて嫁を娶（めと）り子をもうけるようにと書いてあり、正太の心が騒めいた。

　翌年師走の三日子（ね）の刻、上屋敷近くから火の手が上がり、折からの風に煽られ見る見るうちに燃え広がり、そこへ奥村長左衛門が率いる正太達加賀鳶一番手が即刻駆けつけ、大胆かつ敏捷（びんしょう）な働きで火を消し止めた。

　ところが、消札を掲げた屋根に纏を立てて一息ついた時、悶着が起きた。

「ここは仙石（せんごく）様の消し口だ。とっとと降りろ」

と云って五、六人の火消が屋根に駆け上がってくるや、鳶口を振り回し、手にした纏を立てた。

「この野郎」と立ち向かったものの不意を喰（く）らって大切な纏を折られ、纏持ちと加賀鳶三人が芋ころがしに屋根から転げ落ちた。

「加賀様の火消を知らねぇか」

それを見た正太達がもろ肌を脱ぎ鳶口を持ち直し、後から来た定火消めがけて飛び込んで行った。五千石旗本の仙石兵庫の定火消勢が、加賀鳶達の功を横取りしようとしたのである。

力士上がりの加賀鳶三、四人が、「ええ、面倒臭えな」と焼け跡の丸太を引っこ抜き、暴れ回り、蹴散らしながら屋根の仙石の纏を追い落とした。結果、八十人を超える鳶達の乱闘となり双方に怪我人も出て、まだ燻（くすぶ）る焼け跡の路地に、仙石方の臥煙一人が潰れた蛙のように手足を四方に伸ばし死んでいた。

こうなると鳶同士の喧嘩は、武家の面目に発展する。仙石方の与力が加賀方へ強硬にねじ込んで来た。

「下手人を出せ。公儀（こうぎ）の火消に無礼千万！」

と怒る仙石の与力に、加賀の足軽頭は一歩も退かない。

「消口を横取りとは火事場泥棒にも劣る下種（げす）根性。狼藉（ろうぜき）の限りを尽くし、加賀御紋入り纏を折り、仙石兵庫直々に出て来て頭を下げろ」

とはねつけた。

足軽の分際で、と刀の柄に手をかけた与力を見て足軽頭も柄を握った。

固唾（かたず）を呑んで見ていた双方の鳶は駆け寄り二人を押し止（とど）めたが、騒ぎは再び大きくなり消札の取り合いが始まったが、罵詈讒謗（ばりざんぼう）で掴み合いになりかけた時、加賀方から奥村長左衛門、仙石方から兵庫自身が出てその場はどうにか収まった。

その後、仙石方では、他にも負傷者十四、五名が出たとして加賀藩に下手人引き渡しを要求したが、加賀藩は、加賀鳶にも負傷者が数名と加賀定紋入りの纏を折られて、定火消の威を借りて不合理を押し通されたと言って譲らない。老中の仲裁も効かなかった。

加賀藩主が文書で将軍吉宗へ上申して、吉宗より老中へ調べが下され、調査方は名奉行大岡忠相となり、進むにつれ仙石方の横車と判明した。兵庫が裏に廻って機嫌取りや嚇しもしたが、一切動じない名奉行忠相の注進で、吉宗から兵庫は職を免ぜられ、加賀鳶の正義が認められた。加賀鳶の意気もさりながら、「領国を召し上げられても譲らぬ」と言った、藩主吉徳の毅然たる態度が大きな力となった。

年が明け、正太は家へ帰り、金澤の祖父が亡くなったと知らされた。

正月四日、上野東照宮前で行われた出初式には、江戸の町を守る火消達が集まった。纏や梯子が立ち並び騒めく中、加賀鳶衆は一際目を引いた。半纏に股引き姿で梯子に登り、鳶の技を見せる正太が衆目を集めた。

正太の耳に金澤町火消の木遣りがよみがえる。江戸の澄み切った冬空を見上げ祖父に届けとばかりに、「えいっ」「やぁ〜」と加賀鳶正太の声が響き渡った。

【参考資料】『加賀藩史料』第五編

**平野他美**（ひらの・たみ）
１９４９（昭和24）年金沢市生まれ。１９６８（昭和43）年金沢商業高校卒。住友信託銀行に勤務後、生菓子店に嫁ぐ。文芸同人誌「櫻坂」会員。著書に『海の百万石　銭屋の女たち』（文芸社文庫）がある。金沢市在住。

# 新作小説を募集

北國文華掲載

小誌は、新作の小説を発表する場を充実させていきます。鏡花、犀星、秋声をはじめ、多くの作家を生み出してきた文学土壌にふさわしい、清新な才能の登場を待望しています。意欲作を応募してください。

**次回締め切り（2024年冬号/第98号） 10月13日㈮**

**（第99号の締め切り…2024年1月12日㈮）**

## 応募規定

- ●未発表の作品に限ります。
- ●原稿枚数は400字詰原稿用紙で10～40枚。データ原稿の場合、縦書きにプリントしてください。1行の文字数や1ページの行数は自由ですが、400字詰原稿用紙に換算した枚数を必ず明記してください。
- ●表題、本名（筆名）、住所、電話番号、年齢、職業、略歴（生年、出身地、所属同人名など）を明記してください。
- ●採用する場合は、北國文華編集室からご連絡します。採用作には小誌の規定により謝礼をお贈りします。
- ●掲載作品の版権は本社に帰属します。
- ●応募作品の原稿は返却しません。コピーするなどしてください。
- ●募集要項、ならびに選考の結果についての問い合わせには応じません。ご留意ください。

宛先
〒920-8588 金沢市南町2番1号
北國新聞社 北國文華編集室 ☎076-260-3587（出版局）
syuppan@hokkoku.co.jp

# 北國文華 定期購読 バックナンバーのご案内

**購読料（消費税込）**

●3年間（年4冊、計12冊） **18,900円**

年間購読の送料は当社負担。
お支払いは現金、カード払いで

年間購読（3年）なら **2,220円お得!!**
定価1冊1,760円、3年間12冊21,120円のところ

**お申し込みは簡単!!**

❶お電話で… TEL 076-260-3587
［出版局直通］受付時間／土日祝日を除く10：00～18：00

❷インターネットで… 北國文華 検索
「定期購読を申し込む」から必要事項を入力してください。

❸メールで…syuppan@hokkoku.co.jp
件名を「北國文華定期購読希望」とし、お名前とお届け先の住所、電話番号をご記入ください。こちらから確認メールをお送りいたします。

## ＜バックナンバーのご案内＞

2023夏 第96号

**特集** 生誕120年 **棟方志功 北陸の足跡**

棟方志功と「県境の先」／本誌編集室
【インタビュー】北陸の雪、嫌いじゃなかった／石井頼子
【寄稿】棟方志功と福光／尾山章

◆**復刊25年特別寄稿** 「文華」に宿る文芸復興／上田正行
【連載】**赤羽萬次郎が生きた時代③**／出崎哲弥
【寄稿】**生誕150年 近代を拓いた先人の肖像②**
野口遵／増山仁
■**追悼** 竹山洋さん **それからの「利家とまつ」**

【好評連載】**小説千代女 ⑮火事 ／子母澤類**

2023春 第95号

**特集** **立国1200年 加賀国府の謎**

【寄稿】加賀立国前史·道君の実像／森田喜久男
【寄稿】外交から考える金沢説／古畑徹
【寄稿】遺跡が語る国分寺整備／望月精司
歴史が語る加賀国の地域性／東四柳史明
【インタビュー】
真宗大谷派宗務総長が語る 加賀の風土と歴史／木越渉

【連載】**赤羽萬次郎が生きた時代②**／出崎哲弥
【寄稿】**生誕150年 近代を拓いた先人の肖像①**
桐生悠々／増山仁

お問い合わせ **北國新聞社出版局 TEL（076）260-3587** 北國文華 検索
〒920-8588 金沢市南町2-1 Eメール syuppan@hokkoku.co.jp

## 読者の声

### 棟方志功ますます好きに

北國文華96号表紙の棟方志功さんの顔に思わず笑ってしまいました。「わだばゴッホになる」と青森から上京し、近眼の目を押しつけるように板木を彫る姿がよく知られています。生誕120年の特集はすばらしく、繰り返し読んでいます。

実は夫が志功さんの大ファンで、自分なりの「志功もどき」を盛んに描いて部屋中に飾っています。画集やレプリカも買い、玄関に飾っています。浄土真宗のご縁で「他力」の世界観に触れた作品群からいつもエネルギーをもらっています。今から20年前、孫である石井頼子さんの講演を聞きに行ったことがあります。特集を通じてますます志功さんが好きになりました。

鏑木鎮子　80歳（金沢市）

### 祖母の家、囲炉裏の思い出

私の祖母の家は、福光駅前にありました。北國文華96号を読み、幼少の頃に見かけた棟方志功さんを思い出しました。

祖母が囲炉裏で、かき餅を焼いている間、志功さんは火箸で灰の上に何かを描いて、灰ならしで消し、また何かを描くのを繰り返しているのです。軒下につるされた鼈甲色の少し柔らかい干し柿をおいしそうに食べてもいました。

当時の私は偉大な芸術家とは知るよしもなく、「早く帰らないかな」とさえ思っていました。後に世界に誇る棟方さんであると知り、驚きと追憶の念でいっぱいになりました。

林金子　81歳（高岡市）

### 往来と棟方さんのご縁

私が住む金沢の山間部、田島町は、金沢と福光を結ぶ道筋に当たります。蓮如上人も前田の殿様も通った往来です。蓮如上人はこの地で自ら、たたらを踏み金色の阿弥陀如来像を鋳造されたと伝わっています。往来沿いの砂子坂で創建された光徳寺のためです。北國文華96号を読んで、棟方志功さんが福光に疎開されたご縁を思いました。

光徳寺に滞在された棟方さんには大きな出会いがありました。真宗の教えです。その世界観が力強い刻線となり、生命を躍動させる作風につながったと思います。

小阪央　87歳（金沢市）

## 編集室から

◆今号の特集では宮内庁の三の丸尚蔵館に伝来する美術工芸品を紹介しました。残念ながら、実物を目にすることはかないませんでしたが、画像から先人たちの胸の内に思いをはせる機会になりました。一人の人間が全身全霊を賭して、「御用」に向き合う。あるいは大勢の信頼に応えるために献上品を仕上げる。作者は一体どれほど大きな重圧を背負っていたのでしょうか、と。

◆以前、伊勢神宮に納める「御神宝」を制作する熟練の職人を取材したことがあります。「勉強させてもらって、大変な名誉です」と言葉少なでした。しめ縄を張ったあの作業場のように、張り詰めた空気なのかもしれません。勉強が足りなければ悔いが残る。ひけらかして蛇足になると後味が悪い。実際の展示をつぶさに見て作り手の迷いに少しでも近づきたいと思います。（宮）

**〈ご意見・作品を募集〉**

◆本誌記事へのご意見、ご感想などをお待ちしています。３００字以内にまとめ、住所、氏名、年齢、職業を明記のうえ、郵便で出版局宛てにお送りください。原稿は内容を損なわない範囲で一部修整させていただく場合もあります。

◆小説（１９４ページ参照）のほか評論、研究論文、随筆など幅広い作品を募集しています。

４００字詰原稿用紙20〜30枚で、未発表のものに限ります。原稿の返却には応じられませんので、必ずコピー等をお取りのうえ、出版局宛てにお送りください。

**次号の発売は2023（令和5）年12月1日（金）です。**

**北國文華** 第97号

発　行　2023（令和5）年9月1日

編集人　宮下岳丈

発行所　北國新聞社

金沢市南町２番１号

〒920-8588

TEL 076-260-3587［出版局直通］

FAX 076-260-3423［出版局直通］

郵便振替 00710-0-404

北國新聞社ホームページ https://www.hokkoku.co.jp/

出版局電子メールアドレス syuppan@hokkoku.co.jp

ISBN978-4-8330-2289-7

明治15年（１８８２年）の創業以来、私達は紙を通じて
社会に心地よさを提供してきました。
近年、電子化や軽包装化により、ペーパーレスが顕著ですが、
紙の持つ機能や価値を掘り起こせば、紙需要の可能性は
まだまだ無限であると考えています。
コシハラは次の１００年を見据え、紙の新たなる価値の創造を
通じて持続発展社会の構築に寄与して参ります。

代表取締役社長　越原寿朗

株式会社コシハラ

本　　　　社：〒920-0061 石川県金沢市問屋町２-53
TEL.076-237-8181/ Fax.076-238-4194
物流センター：〒920-0211 石川県金沢市湊 1-1-3
http://www.kosihara.co.jp